# 走在自我成长的路上

## 护士的生活与心理

黄菊 主编

经济日报出版社
北京

图书在版编目(CIP)数据

走在自我成长的路上：护士的生活和心理 / 黄菊主编. -- 北京：经济日报出版社，2024.9
　　ISBN 978-7-5196-1483-6

　　Ⅰ.①走… Ⅱ.①黄… Ⅲ.①散文集－中国－当代 Ⅳ.①I267

中国国家版本馆 CIP 数据核字(2024)第 083195 号

走在自我成长的路上：护士的生活和心理
ZOUZAIZIWOCHENGZHANGDELUSHANG：HUSHIDESHENGHUOHEXINLI
黄菊 主编

| 出　　版： | 经济日报出版社 |
|---|---|
| 地　　址： | 北京市西城区白纸坊东街2号院6号楼710（邮编100054） |
| 经　　销： | 全国新华书店 |
| 印　　刷： | 四川省东和印务责任有限公司 |
| 开　　本： | 880mm×1230mm 1/32 |
| 印　　张： | 5.5 |
| 字　　数： | 115千字 |
| 版　　次： | 2024年9月第1版 |
| 印　　次： | 2024年9月第1次印刷 |
| 定　　价： | 45.00元 |

本社网址：www.edpbook.com.cn，微信公众号：经济日报出版社
未经许可，不得以任何方式复制或抄袭本书的部分或全部内容，**版权所有，侵权必究。**
本社法律顾问：北京天驰君泰律师事务所，张杰律师 举报信箱：zhangjie@tiantailaw.com
举报电话：010－63567684
本书如有印装质量问题，请与本社总编室联系，联系电话：010－63567684

《走在自我成长的路上：护士的生活和心理》编委会

主　编：黄　菊
副主编：董乐莲　高亚丽　高凤英
编　委（按照书中文章顺序排名）：

| 李赛 | 郑娜 | 张翠平 | 刘兰 | 陶艺嘉 | 陈乃娜 |
| 吴卫 | 肖媛 | 张瑛 | 王如月 | 曾慧 | 宋晗 |
| 胡馨尹 | 冉飞 | 刘荣莉 | 陈美璇 | 李青 | 常媛 |
| 陈静 | 蒋丹炜 | 孙祝华 | 李丹旦 | 朱加艳 | 张乐 |
| 杜鸽 | 王玉芳 | 王凤珍 | 胡小吉 | 田丽 | 王平 |
| 史岩 | 魏妮 | 李凌玲 | 刘玲 | 寇晓会 | 敖博 |

# 序
## 峰回路转再出发

与黄菊老师的结识充满着戏剧性。

她是叙事护理微信公众号最早期的关注者之一,也是2019年第一期叙事护理线上督导班的学员,随后她参加了几乎所有与叙事护理相关的培训班,并在我所举办的心理咨询督导班持续沉浸学习。

2019年10月10日,我在南京医科大学护理学院分享叙事护理主题之后,黄菊老师在现场提问并添加了微信,自此我们建立了一对一联结。

当时,叙事护理公众号由我独自维护,每当刊发的文章出现小瑕疵,她总是第一时间和第一个提出反馈与修改意见的人。她主动地做起了编外审校人员。对此,我印象深刻。后来得知她曾经学过速读并做过审稿工作。

2020年7月16日,叙事护理公众号审稿团队组建运营,黄菊老师自然而然就成了团队成员之一,并在工作进行过程中成了团队天然的管理者和服务者。

2020年,我在《叙事护理精进60讲》结语致谢部分提到了我家先生的名字,黄菊老师发现我先生与她先生是南京医科大学儿科学系的同班同学。猛然间，我们的关系又增添了不一样的温暖和亲切。

在这几年做网友的相处中，我用三个词总结黄菊老师身上的优点：慈悲、好学、豁达。

**慈悲**：我手捧着她快递过来的、分门别类夹好的、打印得整整齐齐的一沓稿纸，三号字，1.5倍行距，就是她对我曾经眼底出血康复后的眼睛最好的疼惜。

这份慈悲不仅仅是对我，也体现在她生活的方方面面。除了接公益热线，她在医院里为护士们提供公益心理援助服务，后来因为影响力扩大，陆续接到其他医院护士姐妹们的心理援助需求。这本书中，在她的随笔和感悟的字里行间，呈现出她致力于对护士心理能力提升的热爱，并为之付出行动，进行持续的积淀和蓄力。

多年前在群里交流时，我就知道她签署了器官捐献志愿书，我为此感到惊讶和好奇，为什么在十年前她就能做出这样的决定？背后有怎样的力量？

**好学**：相识的几年来，除了在我们心理咨询督导班的持续学习，她一直在参加各种心理学培训，似乎没有间断过，我不得不被黄菊老师的强大学习能力和效率折服。

**豁达**：在我们叙事护理审稿的过程中，有时候也会遇到非常焦灼的处境和难以理解的复杂情况，黄菊老师总是能在谈笑间以幽默诙谐的方式轻松化解，四两拨千斤，云淡又风轻。她成了审稿群里的开心果和消食片。

这次，在阅读文稿的过程中，我更由衷地赞叹。

这本书包括两个部分的内容：一部分是黄菊老师所写的文章，是她的所思、所学、所想、所感，阅读的过程中，经常会被看似寻常的小事背后透露出来的爱与慈悲所打动；一部分是在叙事护理公众号上刊发的由她编审的文章，每一篇文章都体现出她对叙事护理的专业理解和功底，以及对作者的尊重。相信在您阅读的过程中，会对人生、心理学以及叙事护理有更深的理解和感悟。

黄菊老师个人职业经历了从临床—行政—非临床岗位的转变。我想，也正是因为这种转变，让她有更多的体验，才让她可以站在护理队伍之外更加清晰地看到护理人员的艰难不易和价值意义。这本书的完成，在我看来，仿佛具有双重的意义。一是这个从护理队伍离开又归队的人，对她职业生涯一路走来的盘点和总结；二是这个即将告别职业生涯的人收拾行囊，打理行装，准备为护理人的心灵幸福再出发。

至此，送上无限祝福。

李春

河北中石油中心医院院长助理，中国叙事护理开拓者，国家二级心理咨询师，中德系统家庭治疗师，中德系统治疗督导师，美国汉弗莱学者，国际护士，美国注册护士，护理学硕士，正高级职称。

2023年12月12日

## 自 序
## 走在自我成长的路上

2017年，我在微信朋友圈里看到李春老师的叙事护理，作为心理学爱好者，我很惊喜，居然有专家把心理与护理结合起来了。于是，我关注了李春老师的叙事护理公众号。3年后，我与山东的董乐莲老师、河南的高亚丽老师和陕西的高凤英老师一起加入了叙事护理公众号的编辑团队。

李春老师认为，叙事护理是把后现代心理学中的叙事治疗的理念和方法与临床护理相结合所产生的一种新的心理护理的模式与方法。可以实现4种关系的转变：疗愈患者、关爱友朋、亲密家人和遇见自己。在编辑文章的过程中，或许是我已不在临床工作的原因，我对后3个方面的作用更有体会。每当审稿的时候看到全国各地医院的老师们投来这三方面的文章，我会感到很亲切，并为她们在工作和生活中努力学习和践行叙事的精神而感动。

护士处理日常琐碎的事情时，是行小善；遇到救人命的时刻，是行中善；而身心健康的护士通过叙事护理救人心，那就是行大善。

或许因为自己曾是护士，所以知道护士的不容易。后来，因工作调整而进入行政部门，可能站的角度不一样，我更深地理解到护士的不容易。近年来，我又回归护士的身份，并开始关注护士的心理状态。

2008年我从常州来到南京工作后，大城市让我有更多的机会接触各类心理培训，于是我考取了心理咨询师证书。在那些学习各类疗法的日子里，我虽然只是了解了一点皮毛，但是自从接触了心理学，我感觉自己的成长加速了，对自己的觉察更加敏感，对自己的生活更有做主人的感觉。

人，最先最多接触的应该就是自己，如果在自我成长的路上，疗愈自己的同时还能帮助家人或者朋友，那是很美好的事情。最重要的是，通过学习我发现自己比较喜欢叙事疗法。后来，我也有幸遇到了叙事护理，它让我了解到全国各地护士们的心理现状。这一切或许都是最好的安排。

我花了些时间把过去50多年来经历的重要关卡列举出来，回顾往事发现这些事情都是必然要发生的，所以人生碰到的关卡都是自己安排的，"不怨天，不尤人"。我在学习成长的过程中，掌握了许多稳定情绪的方法，比如在困境中的一转念，喜悦和愉快的情绪也就随之产生了。

有时候面对一些事情，我会感到无奈。因为护士奉献得太多了，但回报可能不成正比。有的护士认为做事凭良心，不做亏心事，不需要讲究什么工作技巧就可以解决问题，但在工作中，我们不仅仅需要专业能力，更需要心理方面的知识。我们服务他人的时候，要有策略地来做事，如果你自己被消耗、被拖垮了，那就是用了不合适的。

在每一段关系里，我们都是从"我"开始进入到关系之中的。一切的关系从沟通开始，首先要学会与自己沟通，再学会与他人沟通。护士大多都有很强的学习能力，在学习专业知识的同时，也需要学习心理护理，因为这样可以疗愈自己。当我们能量提升的时候，才可能真正帮助周围的人，不至于因为奉献太多，导致耗竭感严重。

好在现在有网络，当护士遇到困惑，在周围人身上难以得到正向反馈的时候，可以上网求助或参加培训。在参加过李春老师的叙事取向的护士职业生涯培训后，我发现，作为护理专家中的心理专家，她可以帮助护士解决工作和生活中的难题。每当看到同行们在学习了叙事护理后，能对自己、家人和朋友进行叙事并写成文章的时候，我感觉李春老师作为叙事护理的开拓者，一直在做一件非常伟大的事情，致敬！

2022年，在女儿的提议下，我开设了自己的公众号——回归护理，并坚持在上面写文章。我写的文章大多与生活和叙事护理有关。有一天，我翻了一下自己写的"豆腐块"，脑子里突然想到了我曾经的梦想——出一本书。30多岁时，有一次听到隔壁办公室同事说，某单位某领导准备写自己的回忆录，我当时想，以后自己也要写本书。或许，写书的种子就在那时候种下了。很多年过去了，朋友李云芳出版了她的第一本书《活着·记忆》，这又唤醒了我的出书梦想。

叙事护理公众号上发表过很多优秀的文章，它们来自全国各地护士老师的投稿，我想把自己参与编辑的一些文章和自己公众号上的文章结集成书，让更多人看到叙事护理，一起学习和成长。在出书的准备阶段，我先打电话给李春老师向她请教，对于我的疑问她都一一耐心解答。然后，我联系了38篇文章的作者老师，她们得知我的出书计划后，都慷慨地同意把文章授权给我。感恩！

真正的成长并不在于瞬间的爆发，而取决于持续坚持后的厚积薄发。学习是一辈子的事，在自我成长的路上，笑到最后的人，一定是我们中

# 序

的终身学习者。希望喜欢叙事护理的同行们，都能看到自己内在的光，变成自己想成为的模样。叙事护理的理念必将逐步走进护士的心中，最终实现更好地为患者服务、让患者更满意的目标。同时，我也希望这本书能让更多的女性朋友走在自我成长的路上。

本书能够出版要感谢很多人，因篇幅有限而不能一一写下你们的名字，但我会带着你们的力量一路前行，并将这些力量传递给更多的人。感谢李春老师，谢谢她带来的叙事护理；感谢网络上彼此陪伴的作者们，他们让我不断成长；感谢一直引领我的心理专家们，我会一直跟在他们身后学习；感谢赵刘湘编辑，她总是能及时回复我的需求；感谢我的家人，谢谢他们的支持和付出，特别是我的女儿，她给我的宝贵意见比我当年教她的多得多。

最后，感谢翻开书的你们，谢谢你们愿意走近护士的生活和心理。这本书还有需要提升的空间，我们会一直走在成长的路上。

黄菊<br>
于深秋的金陵<br>
2023 年 11 月 11 日

# 目录 / CATALOGUE

## 遇见自己

自我疗愈……………………………………002

明天我会遇见更美好的自己………………005

改变自己往往是幸福的开始………………008

我想要的生活………………………………011

相信自己的模样……………………………015

蜕变…………………………………………018

重构或许是精彩……………………………020

内心开启叙事独白…………………………024

## 亲密家人

焦虑的婆婆…………………………………028

重新打开家门………………………………031

爸爸身体健康就是给我们减负……………034

为妈妈理顺心情…………………………037

不把工作中的烦恼带回家………………040

六分的妻子………………………………043

有我在 你放心…………………………046

我终于开始尊重儿子……………………048

妈妈很爱我………………………………051

加油 少年………………………………054

儿子遇到友情危机………………………058

我也想要…………………………………061

我是一颗芝麻粒…………………………064

消失的"拉锯战"…………………………067

儿子成长记………………………………070

大宝小宝都是宝贝………………………073

妈妈认为我很棒…………………………076

首战告捷…………………………………078

## 关爱友朋

学会收拾生活中的一地鸡毛……………082

手机那端的"风波"………………………085

往前走……………………………………088

相信自己准能行…………………………091

被改写的护士职业生涯……094
我的妈妈是"奥特曼"……096
希望生病的不是孩子……100

## 初入职场

破茧成蝶……104
允许迷茫在生活中进进出出……106
潜心育人 静待花开……109
圆圆的心事……112
滴水藏海方显人文关怀……115

## 更好的自己

从心出发……120
在网海里学习和浸泡……122
与 AI 同行……124
《可喜可贺的临终》读后感……127
看《人生大事》想到的……130
我开始恐老……132
护士的情绪调整……135
重新设计人生……141

我的暑假兴趣班……………………………143

你不知道你对我的帮助有多大……………145

医院里的爱心传递者………………………147

做个眼里有光的普通人……………………150

注定要当护士的我…………………………152

遇见自己

## 自我疗愈

"赛赛,快来啊!"

"赛赛老师不知道怎么了,可能在上夜班吧……"

那天当我打开手机,看到好朋友们发来的这些消息时,第一反应是我又错过了什么。迅速打开叙事护理公众号,发现了招募"生涯规划讨论小组成员"通知,小组只招 20 人。我扫码后无果,一种无以名状的烦躁涌上心头。

北方的三九天有些冷。内心的无助好像高考后的自己,如同高山的攀登者无处找寻下一个着力点。同时有一个声音提示我:赶紧给李春老师私信,会不会有替补进群的机会呢?我如同热锅上的蚂蚁,等待着最后的希望,真的很想参加这个群。我紧握手机,仿佛抓住了救命稻草。

清晨的公园很寂静,我能听到自己的心跳声,在晨练的跑道上一圈一圈地跑步,盼望着幸运能再次降临。

"亲,你不能入组学习了。"李春老师温柔而坚定地回复。

一阵寒风划过,我有些哽咽,内心开启了叙事的独白。

"这种无助的感觉,是第一次出现吗?"

"不是的。"

"这个无助,是什么样子呢?"

"它就像一块大石头,很大很大,特别沉重,压在身上喘不过气来。"我眉头紧锁,一脸的愁云。

"它上次出现是什么时候呢?"

"是在几年前,高考后查看自己成绩的时候。我发现那个成绩创历史新低,关系要好的同学考得都比我好,原先考不过我的同学也超过我了,我落榜了。那时候跟现在一样,感觉人生很灰暗。"

"后来呢?对你有什么影响呢?"

"大哭一场,可结果已经是事实,无奈地接受了呗。最后报考了专科院校。进入大学,新的起点,我努力学习,证明自己一点儿也不差,即使是专科,我也照样学得精彩。三年的学习,每年都得奖学金,在最后的专业理论和技能考核中,我以第一名的成绩毕业,留在了现在的单位工作。"脸上的愁云渐散,心里有些小小的自豪。

"那怎么看待现在的这个无助呢?"

"它让我很难受,也许是暂时的,仅仅失去了参加一个群组的学习机会。但它并没有妨碍我继续学习的步伐啊,我还能参加以后的学习群组呢!塞翁失马焉知非福?"

"接下来你会做什么呢?"

"允许自己的失去,接纳不能进群的无助。每天持续关注叙事护理公众号里其他群组学习的消息,没准儿后面会有'更大更香的瓜'等着我呢,哈哈哈!除了这个无助,好像还有好多可以做的事情呢!我的资源还真是不少。"嘴角自然而然地上扬。

我慢慢地停下脚步,抬头望去,寒冬的太阳已在不知不觉中升起,五彩斑斓的阳光透过枯黄的枝干,是那么的美好,崭新的一天又开始啦!

作者:李赛

工作单位:河北医科大学第三医院

## 明天我会遇见更美好的自己

最近由于工作的原因,我晚上回家晚,半夜醒来睡不着觉,心情也挺糟糕,还总想发脾气,身心有种说不出来的不舒服。

晚上,静静地躺在床上,我打算和自己的内心叙叙事,试着缓解一下症状。

我:"最近,工作的辛苦让我觉得身心疲惫,假如用一个词来形容,应该是什么呢?"

内心的我:"烦躁。"

我:"这个烦躁是什么时候出现的呢?"

内心的我:"新病房刚搬迁和医院即将面临三甲复审,工作中的多种事项让我觉得精神紧张、压力大。"

我:"对于这个烦躁,要用1至10的数字来打分的话,现在应该是几分呢?"

内心的我:"应该是9分或者10分。"

我:"这个烦躁给自己带来了什么样的影响呢?"

内心的我:"这个影响很多,比如血压比以前高了很多;比如看着不顺心的事儿就按捺不住想发脾气;比如经常发牢骚,等等。影响确实还挺大的。"

我:"那什么时候不烦躁呢?"

内心的我:"周末的时候,做做饭,看着家人享受的样子;能休个假,回老家看看年迈的老娘;能躺在床上追个剧、出门看个电影,那都是很享受的事儿,那时候不烦躁。"

我:"'烦躁'带来哪些好的影响呢?"

内心的我:"好的影响也是挺多的,首先是通过工作学到了不少知识,充实了自己;其次就是工作中规范了制度与流程,还学到了很多改进的方法;再次就是学到了如何能将工作做得更完善的方法。"

我:"谁不想做得更好呢,工作尽心尽力,等过几年自己退休了就不会留有遗憾的。"

内心的我:"工作尽心尽力,有时候还是做不好,可能是不得法吧。有时候觉得是自己老了,不能与时俱进了;有一阵还觉得自己无能,不能胜任这份工作了,心理上还挺消极。总之,压力挺大的。"

我:"其实静下心来想想,人的情绪不就是起起伏伏的嘛。有生活事件的刺激,产生焦虑、烦躁的情绪也是正常的,其实没什么大不了的。再过几天医院就要迎来复审了,全院所有人员都这样努力,通过我们每一个人的辛勤付出,相信医院复审工作会顺利通过的。再说,通过三甲复审督促工作持续改进,医院会是更美好的样子,是每一个人期待的事啊!"

内心的我:"是啊,想到这些,每个人都是医院的一分子,医院的发展也有自己的奉献,心里还挺自豪的,心理上马上就轻松了许多。"

我:"要是能让烦躁的分值降一点,我还能采取什么样的方法呢?"

内心的我："近期缓解情绪最好的方法是冥想，睡前听个冥想音乐，听听放松指导。有好多时候我都是听着冥想音乐入睡的，早晨听着美好的能量加持起床，这些都让我受益挺多的，也改变了我的心态。就因为听课+冥想+饮食，还让我减了最让我头疼的体重，17斤呢！这是最近我最高兴的事儿了。我的工作服都肥了，看到镜子里穿裙子的自己，身材比以前好多了。想到这，我自己都佩服自己的坚持。"

我："对呀，人生哪有那么多都如意呀。再坚持几天，相信自己，相信事情不管是大是小，是好是坏，总会成为过去；相信阳光总在风雨后，不经风雨哪能见彩虹。"想到这些，我心里坦然了很多。

内心的我："感觉烦躁的分已经降了几分，现在可能4分。我让压力变成动力，拆掉思维里的墙，立足当下，做好每一件事。伴着冥想音乐，好好睡一觉。相信叙事，明天我会遇见更美好的自己！"

作者：郑娜

工作单位：山东第一医科大附属滨州市人民医院精神三科

## 改变自己往往是幸福的开始

叙事护理不仅能够帮助他人,也能帮助自己,请听一听我的故事。

近 3 年来,按照疫情防控要求,我们发热门诊的工作人员上班期间必须闭环管理。从最早的两周回一次家,到现在的一周回一次家,我只有过去一半的时间在陪伴两个孩子,大多数时间都是爷爷奶奶在照顾他们。每次刚上班,就开始数日子,希望时间能够快点再快点,想回家陪伴孩子和家人。但是,每次回到家,看着乱糟糟的房间,一团怒火就油然而生。哎!本来回家是一件很开心的事情,为什么每次我都会发火?我一个人静静地待在房间,和灵魂深处的自己开始了对话。

我:"为什么看着乱糟糟的房间,我就会怒火中烧,牢骚满腹。"

灵魂深处的我:"因为你觉得家里太脏,是公公婆婆没有打扫卫生,都是他们的责任。"

我:"那他们是不是没有打扫卫生呢?"

灵魂深处的我:"你可以问问孩子们就知道,其实他们每天都打扫卫生。"

我:"做了卫生,为什么家里还是这样乱糟糟呢?"

灵魂深处的我："你不在家的日子，孩子们的生活起居都是爷爷奶奶在负责，还要洗衣做饭打扫卫生。爸爸出差时，爷爷每天开车接送孩子们上学放学，周末还得送他俩上培训课。还有，你可以想象，两个孩子的破坏力有多强，刚清理好的玩具，一会儿又被他俩丢得满屋都是。你可以换个位置和思维，尝试着站在对方的角度，来重新看待和考虑事情，如果是你在家照顾这两个孩子，你能做好这些事情吗？何况他们两位已是古稀之年的老人。"

我："但是他们做卫生也太敷衍了，有些地方没做干净。"

灵魂深处的我："每个人对卫生的要求标准不一样，你不能用你的标准去要求别人。"

我："他们就不能按照我的要求做一下改变吗？"

灵魂深处的我："不要总是将抱怨挂在嘴边，抱怨无用。与其抱怨不如改变自己，行动最有用。让自己适应环境，端正自己的态度，与生活和平相处。你有抱怨的时间，何不自己开始动手打扫卫生呢？你理解体谅了对方哪怕一点点，先改变了自己，然后你会慢慢发现，对方也在改变了。"

我："我懂了，那我尝试着去改变一下。"

于是，每次回家后，我不再抱怨、不再发怒，而是默默地打扫卫生。慢慢地，我发现公公婆婆对卫生的标准也提高了，家里也没有那么凌乱了，家庭关系也更加和谐。

生活里，我们的很多烦恼常常来自处理不好各种各样的关系。人生最聪明的活法，就是改变能改变的，接受不能改变的。人生最美好的事情，就是要对自己有所期待，对别人保持平常心。改变自己是智，改变别人是蠢，改变自己往往是幸福的开始。

作者：张翠平

工作单位：湖北省第三人民医院发热门诊

## 我想要的生活

最近一段时间,我有些消极,似乎感觉眼下的生活没有意义。尤其是结束一天忙碌的工作后,回到家中还要照顾一大一小两个孩子,之前自己定下的各种学习计划被忙乱的节奏打乱。我发现自己的状态变得越来越差,总是对弱小的孩子发脾气。看着孩子泪汪汪的眼睛,我又自责不已。难道我要一直陷在这样的泥潭里吗?不,或许有别的方法能拯救我。这天深夜,我失眠了,突然想到了我们一直在学的叙事护理,心想:何不尝试给自己叙叙呢?于是就有了下面的心灵对话。

我:"你先静静地想一下,如果让你用几个字形容现在的生活,那会是什么呢?"

自己:"'一团糟'!"

我:"好的,那你认为这个'一团糟'对你有什么影响呢?"

自己:"我觉得都是坏的影响,它是气冲冲地来到我身边的,压得我喘不过来气。由于'一团糟',我最近总是心情不好。回家以后,孩子们只要一闹腾,我就很烦心,甚至对孩子发脾气,老是借题发挥。孩子的爸爸看到后,安慰并劝解我,要好好地反思反思原因,尽快把情绪捋顺,保持一个好心情。其实,我又何尝不知道,由于这个'一团糟',

这几天我在科室也总是沉默寡言,不爱和大家说说笑笑了,同事们的关心和问候又让我很自责。"

我:"'一团糟'什么时候来到你身边的呢?"

自己:"最近医院里有好几个比赛项目,护士长鼓励我去参加,我却有些不自信。因为这几年孩子们太小了,总是生病,初为母亲,我把更多的业余时间都用在了他们身上,之前定下的学习计划都被或多或少耽搁了。所以我很担心参加比赛拿不到奖,会辜负了领导的期望。唉,真的不知道该怎么办了?"

我:"以前的你可是一个只管拼搏不管结果的人啊。你想想,以前上学时,尤其是上高中的时候,还记得争分夺秒的学习场景吗?"

自己:"当然记得了。高中时候的学习几乎是不分昼夜的,即使教室熄灯了,我还要拿着书到宿舍楼旁的路灯下面去学习,直到宿管阿姨赶我回去睡觉为止。回到宿舍,有的时候,我还要拿着手电筒学习到深夜一两点钟,第二天早上不到5点钟就起床,就为了能考上一个理想的大学。"

我:"是呀,为什么那个时候你会那么努力?"

自己:"读初中时,家人告诉我,只有好好学习,考上了大学,才能更有底气去追求自己想过的生活。从那个时候起,我就比之前任何时候都要努力。"

我:"那你努力了以后,看到自己想要的结果了吗?"

自己:"当然有啊。你不记得了吗?初二那年,我学习成绩还在年级排名将近300名。记得奶奶家屋后有一片树林,在周末以及放假的时候,只要天气允许,我每天早上都会到树林里晨读。通过一个学期的努力,在期终考试的时候我考进了年级前60名,还得了奖状和奖品。奖品是印有'优秀学生'的一个笔记本,直到现在,那个笔记本我仍然留着呢。它见证了我的努力。"

我:"那时候你就不怀疑自己,不怕自己不行吗?"

自己:"我坚信努力就会有收获。我坚信只要我努力了,不管结果怎么样,我都不会后悔。笨鸟先飞,天道酬勤嘛!"

我:"后来你不是一直秉承这种信念吗?"

自己:"是啊,令我印象深刻是第二届的品管圈大赛,作为圈员及汇报人,我们不断地修改演讲方案,起早贪黑地背诵演讲稿,最终获得了二等奖的成绩。"

我:"不错,要不忘初心。"

自己:"今年,我还被评为了'优秀护士'。原来我并不是那么糟糕啊。我明白了,是我把那个努力的自己弄丢了。从现在开始,我要找回曾经的自己。"

我:"你可以的,加油,亲爱的!"

自我叙事后,我把初二那年见证我努力的笔记本找了出来,放在书桌上激励自己。每天回家后,我先安顿好孩子们,然后全身心投入学习,认真收集资料,以积极的状态应对每一场比赛。经过自我调整,我和家人的关系得到了改善,同事们都说那个活泼的我又回来了!

这也许就是叙事护理的神奇力量吧,是它让我穿越时光的隧道,拥抱那个努力的自己。"水光潋滟晴方好,山色空蒙雨亦奇。"不论周围的环境怎样变化，一颗坚定的内心，一份永不言弃的精神，让我更能感知生活的美好。

　　作者：刘兰

　　工作单位：河南省永城市永煤集团总医院眼科

## 相信自己的模样

我拿着新出炉的相声稿子,满脸焦躁不安,明天就要第一次当着数十位观众,搭档新同伴说相声了。第一次上台脱稿说相声、第一次没有"咔"和"Action",一旦卡壳忘词,就意味着演出失败。一想到这里,我胸腔里这颗脆弱的小心脏就扑通扑通加快了跳动速度。

我喝口凉水,润一润微微干燥发苦的嘴巴,思考着有什么办法让自己冷静下来。忽然想到之前学过的叙事护理,想在自己身上试一试,希望可以帮助自己放松下来。

我面对着镜子,看着镜子里的自己,问:"你能描述一下现在的这种状态吗?"

镜子里的我不假思索道:"超级紧张、超级害怕。"

我:"为什么会有紧张和害怕的感觉呢?"

镜子里的我:"明天就要上台说相声了,可能我会说错话、忘了词,也不知道怎么圆回来,太紧张了!太害怕了!"

镜子里的我涨红了脸,捂住胸口,安抚地拍拍,再次拿起水杯,喝了一大口凉水。

我:"你觉得这种感觉会带来什么影响?"

镜子里的我停顿了瞬息，失落地说："我的紧张情绪会影响我的搭档。之前跟团队一起做过几回公益活动，大家伙儿都觉得我会说、会演、会活跃气氛。但我本是很害羞、很怯场的人，一想到观众如果没有反应，冷着场，我心里就像压着石头，压力超大。"

我："这种状态如果不去调整就会影响你明天的活动，那你想改变这种状态吗？"

镜子里的我急切地说："当然想啊！"

我："那你觉得怎么才能摆脱这种状态呢？"

"我想要让自己不紧张，不害怕！"镜子里的我一脸困惑："但是我不知道该怎么做。"

我："你可以想想以前参加公益活动时，当时同样紧张的你是怎么做的。"

镜子里的我沉默许久，回忆道："第一次参加公益活动也很紧张，当时懵懵懂懂，一心只想扮演好自己的角色。结束时，全场热烈的掌声把我余存的紧张'嗖'地从我的身体里抽离，当下决心下次要继续加油。第二次的我同样很紧张，不知道新改进的舞台剧戳不戳观众的笑点。当我与台下小朋友互动时，全场的寂静让我无所适从。这时我看到第一排有个小朋友一直看着我笑，好似给我很大的鼓励。我开始看着他，我说他就笑，我演他也笑，慢慢地，我自如了，是他支持我说完了全场，所谓的紧张害怕也因他的鼓励消失殆尽。物物而不物于物，走向终点的途中免不了会有高低起伏，若我不害怕失败的后果，不害怕失去控制，反而能更轻松地驾驭。"

我看到镜子里我脸上紧张的红晕慢慢褪去："就是这样。不要害怕失去，你失去的或许本就属于你。见过花开就好，不必在意花属于谁。你现在紧张好点了吗？"

镜子里的我做了几个深呼吸，道："好多了，感觉信心又回来了。"

我："那你觉得现在摆脱了紧张情绪对你会产生什么积极影响？"

镜子里的我笑了："我懂得了把该做的事做了，该出的力出了，信心就在其中，成长亦在其中。"

我："你很棒！那现在你感觉你是什么状态呢？"

镜子里的我："保持'会当水击三千里'的自信，涵养'乱云飞渡仍从容'的定力，期待明天！"

我与镜子里的我击了个掌，一同说道："期待明天，全力以赴！"

越接近终点，就会越明白，超越自己的意义并不是到达终点，而是在认真、努力的每一秒里。雨打窗，秋草黄，风吹落叶，还有你眼里的光。

作者：陶艺嘉

工作单位：浙江省温岭市第一人民医院心血管内科

## 蜕 变

换科室后,我每天下班感觉身心疲惫,躺在床上,只想静静地望着日升月落,听着世间喧嚣。我这是怎么了?我开始默默对自己叙事。

学叙事的我:"给自己的状态起个名字吧。"

我:"蜕变。"

学叙事的我:"那个蜕变从什么时候开始的呢?"

我:"从我鼓起勇气向护理部申请到总院去迎接新的挑战开始的。总院的护士都身经百战,我这么年轻,难道不应该去挑战一下吗?"

学叙事的我:"那个蜕变是怎么影响你的呢?"

我:"换科室后开始焦虑。要融入新的团队,有所不适应;工作量大,经常加班;新科室是一个温暖、包容、有爱的团队,上班很充实,我感觉跟不上她们的步伐;回家后我还要干家务活和辅导孩子作业。"

学叙事的我:"能说说那个有爱的团队吗?"

我:"每个工作岗位都很忙,每天下班都觉得像打完胜仗一样。团队很优秀,领导能够带领团队解决各种各样的困难,能够得到下属的信任。各位队友热情、友好,乐于帮助每一位新人。"

学叙事的我:"假如一直这样下去,想一想,会跟今天的状态有哪些不一样吗？"

我："见多识广，我的能力会得到提升。"

学叙事的我："假如你尊敬的大哥现在在场，他会有什么建议和意见呢？"

我："他会要我时刻牢记自己是一名党员，努力工作、积极进取。"

学叙事的我："你觉得自己是个怎样的人呢？"

我："我是一个很上进的人，勇于挑战困难，吃苦耐劳，还是贤妻良母。"

学叙事的我："你现在觉得那个蜕变是好还是不好呢？"

我："当然好了！我愿学习蝴蝶，一再地蜕变！"

学叙事的我："现在需要谁的帮助，会让压力变得轻松一点呢？"

我："是我的婆婆，让她过来跟我们住，帮我一起解决家里的事情，这样我也可以更专心工作了。"

学叙事的我："那接下来该怎么办呢？"

我："积极地挑战，做更好的自己。多倾听内心的声音，调整好自己的状态。"

作为一名护士，将叙事护理运用在自己身上，让我很有感触，也更加理解了叙事护理"疗愈患者、关爱友朋、亲密爱人和遇见自己"的深切含义。


作者：陈乃娜

工作单位：福建省厦门市仙岳医院隔离病区

## 重构或许是精彩

我是一位有着20多年护龄的护士,以往只是默默地接受领导安排的工作,在别人眼里可能属于默默无闻的那种,我很享受这种感觉。可在参加完千人共学《叙事护理百天公益课程》后,我的内心似乎发生了一些微妙的变化,我决定跟自己叙一叙。

我:"能说说哪些微妙变化吗?"

内心:"叙事护理中说到故事有多种讲法,那么我的人生故事是不是也可以打破固有,重构呢?"

我:"能用一个词形容你内心的变化吗?"

内心:"重构的忐忑。"

我:"你觉得重构对你有什么影响?"

内心:"要颠覆过去的自己,会有不确定感;会遇到各种外界评价;会有新的自己出现;会有不一样的体验;会有更多有趣故事的发生。"

我:"你对重构似乎有兴趣?"

内心:"时代在进步,我们生活的方方面面都在更新,更新带来了很多进步和惊喜,自己的思想和行为如果重构更新,会不会也有惊喜?"

我:"你觉得你的思想和行为有在更新吗?"

内心："感觉有，也不多。"

我："能说说吗？"

内心："微信朋友圈每天诗文习作，已经坚持一年。"

我："有什么感觉？"

内心："从开始的胆怯到后来的淡定从容，到现在慢慢发现自己的文笔有了很大的进步。"

我："其实你已经在重构更新的路上了，不是吗？"

内心："好像也是哦。"

我："你不觉得选择叙事护理、跟随叙事护理、浸泡在叙事护理里已经是在重构自己的路上了吗？"

内心："是的。在跟随叙事千人共学一百天过程中，其中很多的金句似乎都与自己产生了共鸣，比如"看见是改变的开始，行动是改变的抵达""一个被温柔对待过的生命才能用温柔待人""只有充分表达的爱才能放下"，等等。

我："那你对护理事业充分表达过爱吗？离退休还有10多年，就用以往的那一种方式表达吗？"

内心："以前自己年轻，感觉可以得心应手地表达，现在感觉如果不更新表达方式，那么那份爱就变得没有力量。"

我："是什么让你愿意更得心应手地表达？"

内心："因为热爱吧，因为年轻吧，在帮助别人的同时自己也感受到快乐。"

我："现在随着年龄的增长、体力的下降，你找到了那种更新的对护理的爱的表达方式了吗？"

内心："我感觉叙事护理是最佳当选，力所能及地给予对方身体上的照顾，尽最大努力唤醒对方的内在力量，合力达到共赢，省力又高效地达到助人自助。"

我："你觉得目前你能在叙事护理方面有哪些突破？"

内心："已经在自己的岗位上践行着叙事护理的精神和理念，也收获了很多的感动和喜悦。"

我："你觉得这也是你在用新的方式表达对护理事业的一份热爱，对吗？"

内心："是的。但我觉得凭借一己之力，受益的只是少数人，如果有更多人一起来做，更多人将会获益。"

我："你觉得你还想做哪些突破？"

内心："当初千人共学的第一天，班级群里姜素峰老师问大家，一百天之后想达到什么目标？我的目标是：影响一千人；遇见更好的自己。"

我："你觉得你的目标实现了吗？"

内心："应该说完成了一部分，有一部分还在努力中，'影响一千人'感觉有些挑战。"

我："你不觉得这正是重构自己的一个锻炼机会吗？"

内心："好像是的。叙事护理中提到'每个人其实都有资源'，我想如果我能够投稿成功，是不是也算达成我的目标，在重构的路上又前进了一大步？"

我："感觉重构的忐忑感瞬间不见了，那个焕然一新的我好像慢慢出现了。"

内心："好像也很喜欢那个样子。"

我："重构或许是精彩，朝着自己喜欢的方向勇敢前行喽！"

作者：吴卫

工作单位：浙江省长兴县人民医院肿瘤中心

## 内心开启叙事独白

车窗外风冷冷地吹着,透骨的冷,依稀的几盏路灯发出微黄的光,今晚显得格外凄凉。回想着家人的不舍,护士长的叮咛,内心的无助感越发强烈,深吸一口气,闭上双眼,内心开启了叙事的独白。

"这种无助感是什么样的?"

"它像一块石头,压得我喘不过气来,我能明显感觉到身体各个部位都在努力地挣扎。"

"这种感觉以前有过吗?"

"好像没有过。"

"这个无助感从什么时候开始的呢?"

"下飞机后,坐上去驻地酒店的大巴,这种无助感越发明显。"

"无助感给你带来了什么影响?"

"让我变得不自信。"

"你觉得自己对专科知识掌握得怎么样?"

"医院已经组织过培训,自己也很努力学习,完全没问题。"

"你觉得你们团队怎么样?"

"同事们个个不惧困难,勇敢有担当。"

"你现在怎么看待那个无助呢？"

"它让我有些难受，但我相信它是暂时的。"

"接下来你会做什么呢？"

"调整好心情，与同事们一起并肩作战。女儿还等着我陪她过3岁生日呢。不过，等我回家时，1岁的儿子估计能跑着找妈妈了，哈哈！"

睁开双眼，转头看了一眼身旁的同事，相视而笑。

在这一刻，我默默地做了个决定，希望能带着3岁的女儿和1岁的儿子体验高铁的"速度"和飞机的"高度"，感受人潮拥挤下的岁月美好、车水马龙下的国泰民安。

作者：肖媛

工作单位：重庆大学附属涪陵医院全科医学科

# 亲密家人

## 焦虑的婆婆

时光荏苒,弹指一挥间,婆婆开的服装超市已经10年了。近期婆婆似乎迎来了"更年期",总是感觉这里疼那里不舒服,还老是莫名发脾气。所以,我想运用学到的叙事方法和她"谈谈心"。

趁休班,我带着儿子去找婆婆。看到我们来了,她很高兴地把我儿子接过去,搂在怀里亲了又亲。

我看着她心情不错,就问:"妈,今天生意好吧?看您高兴的。"

她打开话匣子说:"今天还不错,前几天不行,不卖衣服干坐着着急。家里到处都用钱,我这生意不好,天天想到这些,心里烦得成宿成宿睡不着觉。"

听了这些,我说:"妈,我听说您最近血压和血糖都不太稳定?"

"是啊,休息不好能不高吗。"

"妈,您觉得现在的状态能用什么词来表达?"

"焦虑。"

"那这个焦虑带给您的是什么呢?"

"带来的是血压高、血糖高,有时候感觉心脏还不舒服,浑身难受。老是想骂人,可骂过之后更不高兴了,也不知道是咋了。你说我这是更年期不？"

"妈，您这不是更年期，而是被这个焦虑给打倒了。"

"唉，我以前可不这样的。"

听到这里，我说："是啊，我结婚这么多年了，只要是认识的人都夸我有个能干的婆婆，说您年轻的时候可厉害了，是个女强人呢。"

婆婆听我夸她乐开了花："就是的。我年轻时干生意吃了不少苦头，可是也不知道咋回事，越难我越想干。那时交通不发达，进货都是带几个大口袋挤绿皮火车，一点不觉得累，浑身都是劲，还啥毛病没有。咱的家业就是这样一点一点攒下来的。可是你看现在，生意是一年不如一年。我年纪大了，眼光、精力都不如以前了。还有，我这血压有时候一急都高到200，我自己都害怕，万一倒下了可咋办啊。"婆婆说着说着眼眶都泛红了。

我连忙说："妈，我们都心疼您太辛苦了。明天让您儿子带您去医院调整一下降血压和血糖的药，如果您再能调整好心态，那效果是再好不过的了。"

说到这，婆婆就说："还算他心里有我。"说完婆婆就像石榴开花一样笑出声来："我也知道你们都是担心我，我心里明白，可心烦的时候只能冲你们发脾气，别怪我啊。"

我趁热打铁地说："不怪您。妈，您看这几年各行各业都难，许多公司都破产了，这个店多亏您一直坚持，还有利润，要是我们几个小辈干，早就赔得找不到家了！姜还是老的辣啊。"

婆婆想了想："你别说，我真没细算过，其实每天还是有收入的。"

"所以啊，您得把心放到肚子里。"

"哈，你别说，咱这原来剩下的老款都是卖一个净赚一个的，再加上新款，我这收入还是很不错的。你说我原来咋没想过这些呢。还是你有文化，一眼就能看透。"

"妈，您是当局者迷，其实这些大家说过，只不过您没听进心里去。"

"是，他们都说过，可我这急脾气一点就爆。我哪天要是心情好了都能多卖好几百，心情不好的时候顾客都能让我怼出去。"

"妈，您看您啥都知道，那以后应该咋办呢？"

"这多好办啊，我每天不想这么多，就高兴了。明天你们别来接我去医院检查了，前天我刚调整过药，吃几天看看效果再说。"

"妈，您孙子一直都说您店里卖的衣服好看，说奶奶特别厉害。"

"那是，他就是我的开心果，一看见他就啥烦恼都没有了。我加油干，给俺宝贝攒学费呢。"看着婆婆怀里抱着孙子开心的模样，我松了一口气。

几天后，我再去婆婆那里，婆婆说她睡得好，血压也下来了，血糖也不高了，浑身轻松，脸上也恢复了往日的笑容。

和谐家庭是需要用心来经营和维护的。家庭生活中处处需要沟通和理解，以情晓"安"，以静至"和"。从本质上说，沟通不是说话，而是改变行动。叙事护理让我学会了倾听别人，改变自己。

作者：张瑛

工作单位：河南省永城市永煤集团总医院护理部

## 重新打开家门

我的公公查出了慢性肾衰，经过6个周期的规律治疗，病情比较稳定，只需要每月来医院复查就可以了。和往常一样，我带着公公来医院复查，可是这次结果并不理想，肌酐值一下涨了很多。医生建议住院治疗，一周后再次复查。一周后，肌酐值并没有下降多少，被医生告知可以出院了，并让我们着手准备血液透析的相关事宜。这个时候，公公愁容满面，带着遗憾出院回家了。几天过后，我打电话询问公公在家的状况。婆婆告诉我，公公出院后把自己关在家里，大门没事就关着，一直没有出门。挂了手机，我思考了很久，拨通了公公的手机。

我："爸爸，这几天怎么样呀？"

公公："挺好的。"他说话有气无力的。

我："听你说话，心情有点不好呀，怎么了？"

见公公不说话，我继续说道："听我妈说这几天您一直没出门呀，是因为医生说要透析的事吗？"

公公："嗯，是的。这个事就像一块大石头一样压在我的心里，让我喘不过气，没有心情出门遛弯儿。"

我："那您和我说说为什么透析就像是石头一样压在你的心里？"

公公："听村里的人说，透析需要每天都去医院里做，做完之后会没力气，干不了活，也就挣不到钱了。在没生病之前，每年外出打工多少都能挣个几万块钱回来，心想打完这几个月的针，病好了照样能外出打工挣钱。而且我听说，透析是要花很多钱的，现在不挣钱，还要花那么多钱，唉……听说透析很痛苦，过一阵子后会没有尿的。"电话那头依旧是长长的叹息声。之前听我婆婆说过，公公是一个吃苦耐劳并且很节省的人，这些年攒下的积蓄为我和老公置办了婚房，手里积蓄所剩无几，这一下子不让他干活挣钱，他一时接受不了。

我："爸爸，我知道您在担心什么了，担心会花很多钱，会拖累我们是吗？但是您知道吗，血液透析是属于大病报销范围的，国家是有很好的政策的，综合算下来，花不了多少钱的。"

公公高兴地问："是吗？"

我继续说道："是呀，我们入了'新农合'，国家会给我们报销75%的费用，这样算下来，每次也就花100多元钱，而且透析并不是每天都要去医院做的。"

公公惊讶地问我："你说的是真的吗？不骗我？"

我："当然了。国家现在的医保政策是很好的，老百姓住院治病花不了多少钱。还有呀，虽然透析后不能干重活，但也不是一点活都不让干，您可能不能像以前那样外出打工挣钱了，但是可以在家想办法挣钱呀，比如说可以在我们旁边闲置的院子里养一些散养鸡，鸡下了蛋，我们可以自己吃，我听说这种鸡蛋营养价值可高了，您应该比我更了解呀。还有我这不是怀孕了吗，宝宝和我都需要高营养健康的食物，我相信吃了自己家的鸡蛋，宝宝会更加健康成长。我们吃不了的，也可以拿到集市上去卖，我听说这种鸡蛋都是按个卖的，特别贵。"

公公："你说得对。我现在不是瘫痪在床，能跑能跳，干点啥不行，只要我想干，怎么着都能挣钱。还有，我不能给我未出生的孙子丢人呀。"说到这里，公公说话明显欢快了许多。我又和他说了许多关于疾病的知识，让他放下对疾病的恐惧。

第二天早上，我打电话给婆婆，婆婆说："你爸爸出门遛弯儿了，没在家。但是心情明显好了许多。"将近两个月过去了，现在公公的身体和精神状态明显好了许多。这两次复查的结果也是一次比一次好，透析的日程又往后推了一大截。公公每天清早出门遛遛弯，和村里的人聊聊天，有说有笑的。前几天，婆婆打电话告诉我，公公准备先养几只母鸡，说要亲自为孙子创造营养价值高的鸡蛋，让孙子长得壮壮的！

公公双手打开紧闭的家门，迎着朝阳，开始崭新的生活。

作者：王如月

工作单位：山东第一医科大学附属滨州市人民医院肿瘤三科

## 爸爸身体健康就是给我们减负

我的爸爸50多岁,是一位老司机,近日因为腰椎间盘突出症住院治疗。

下班后,我来到爸爸的病房,妹妹告诉我爸爸的情绪不稳定。只见爸爸平躺在病床上,眉头紧锁。

我走了过去,轻声地问道:"爸爸,我来了,您现在感觉怎么样?"

爸爸连叹了两口气说:"不怎么样,哎,不知道怎么说,哎!"

我:"那可以用一个词来形容您现在的心情吗?"

爸爸:"后悔,后悔,非常后悔。"

我:"后悔啥了?可以和我说说吗?"

爸爸:"后悔没做大手术,不应该做这个微创的。"

我:"您是手术过程中发生了什么吗?"

爸爸:"手术倒是蛮顺利的,做完手术症状基本就缓解了,现在除了伤口还有点疼痛,其他腿麻、腰胀这些都好多了。"

我:"很好呀,那您后悔的点在哪呢?"

爸爸:"你不知道,手术台上医生就跟我说我的骨髓比较松散,会比别人更容易复发,早知道这样,我就直接做放钉子的大手术了。"

我:"哦哦,原来您是后悔这个呀。您还记得当初选择做微创手术是为什么吗?"

爸爸:"是因为这个手术创伤小,恢复快,手术效果也好。"

我:"对呀,那您还记得选择这个手术最需要注意的是什么吗?"

爸爸:"医生当时说了要多注意保养,有一定的复发率。"

我:"当时我们也是权衡了利弊才选择了这个方案,而且现在手术效果也很好,我们就不要去想那么多了。"

接下来,爸爸沉默了一会儿……

我:"那您还有其他什么感觉吗?"

爸爸:"还是有点后悔,害怕复发,复发后我就不能开车了。我还这么年轻就不能做事,这可怎么办呀?"

我:"哦,原来您是担心这个呀。"

爸爸:"是呀,到时候我就成'废人'一个了。"

我:"怎么会呢。您这一辈子为了我们、为了这个家,付出了这么多,我们都明白的。您这个腰椎间盘突出也属于职业病,是因为您长年累月的开车,积劳成疾。您开过大货车、吊车、挖掘机、长途班车,驾龄都快40年了,这么多年的付出和辛苦我们都看在眼里。"

爸爸:"那我以后不能开车了,不能帮你们减轻负担了,你们年轻人辛苦、压力大。"

这时候,妹妹走过来说:"爸爸,您为了我们操劳了一辈子,辛苦了一辈子,太不容易了。您现在的身体也是提示该休息了,要重视自己的身体。您和妈妈身体健康,开心快乐,就是给我们最大的减负。"

爸爸眉头稍微舒展了下:"真的吗?你们真的这么想吗?"

我和妹妹异口同声响亮地说："是的，我们和妈妈都希望您身体健康。"

爸爸："那我还能开车吗？"

我："只要您不是以开车为职业，偶尔开下车还是没问题的。但出院后前三个月还是要多休息，坚持腰背部肌肉锻炼，这样更有利于您的康复。"

爸爸："那好那好，还能开车的话那太好了。我就偶尔开车带你妈妈出去转转，出门办个事也方便呀。我还以为完全不能开车了，能为你们减轻点负担就好了。"爸爸说完脸上露出了久违的笑容。

我："那那个后悔还在吗？"

爸爸："不在了，不在了。现在我就好好养着，争取早点康复，让你们安心。"

经过几天的住院治疗，爸爸恢复得很好，开开心心出院了。

经过这次和爸爸的叙事，让我在和家人的交流中做到了更好地倾听，了解了爸爸内心真正的需求，理解了爸爸"背后的故事"。我也及时地给予了回应，让爸爸放下了他的担心，让他与那个后悔和解了。让他学会释然，学会接受现在的自己，这就是叙事护理的魅力。

作者：曾慧

工作单位：湖南省株洲市中心医院眼科

## 为妈妈理顺心情

我虽然是一名从业 20 余年的护士，但在面对家人生病痛苦时，我也会感到手足无措，无法找到解除他们病痛的方法。通过学习叙事护理，我了解了其丰富的内涵、灵活多变的方法和适应对象的多样。来听听我为妈妈理顺心情的故事。

我的妈妈一直是我生活中的榜样，10 余年如一日的健身锻炼，每天 2000 米游泳打底，抗阻训练外加高温瑜伽、普拉提、桑巴舞一样不落，60 岁的她脸上总是洋溢着自信的笑容，穿着更是比我这个女儿还时髦，家里妈妈接快递员的电话是最多的。

半年前妈妈开始觉得膝盖和小腿不舒服，不能远距离行走，逐渐进展到不能久坐只能平卧。当确诊颈神经压迫急需手术治疗时，我是犹豫的，我知道这种脊柱手术的风险，然而妈妈却毅然决定手术。

手术很顺利，几天后妈妈就出院了。术后的妈妈只能侧卧位制动，每天活动的范围就是从床到卫生间。有时候看她情绪低落、一动不动地躺着，劝她刷刷视频打发一下时间，可妈妈却不耐烦地说："不看，没意思。"我和爸爸都很焦急，那一刻，我突然想到了叙事护理。于是，我试探性地对妈妈提了个问题："妈妈，假如用一个词来形容您现在的状态，应该是什么呢？"妈妈有些烦躁地回答："束缚。"

我："这种束缚的感觉是什么时候出现的呢？"

妈妈："几乎半年了，从不能去健身房锻炼开始。"

我："对于这种束缚感，要用1到10的数字来打分的话，现在您感觉是几分呢？"

妈妈："9到10分吧。"

我："这种束缚给您带来了什么样的影响？"

妈妈："影响太多了。比如我那些喜欢的衣服都堆积在衣柜懒得收拾；比如以前狗狗上床睡觉没什么，现在只要它们一挨着我，就忍不住想发脾气，把它们赶下去；比如明知道医生交代术后多活动脖子，可我一点都不想动。"

我："的确，您的这些困扰我和爸爸都感受到了。那您觉得这种束缚带来哪些好的影响呢？"

"好的影响好像也有一些。"慢慢地妈妈平静下来说："好的影响。主要是两个，以前每天早上我要负责遛狗，现在这个艰巨的任务落到你爸头上了，遛狗的时候，你爸正好能锻炼锻炼身体；再有就是以前只有逢年过节你才回来，现在你每个休息日都在家陪我。"说到这里，妈妈不好意思地笑了。是啊，以前，退休的妈妈比我还忙，每天安排得满满当当，我曾开玩笑地说我是捡来的孩子，讲到这里我们都笑了。

我："妈妈，趁着没事，我帮您把漂亮衣服收拾一下吧。"妈妈同意我帮她收拾衣柜。于是，家里出现这样一幅和谐的景象：我在妈妈的几个大衣柜中忙上忙下，妈妈侧躺在床上指指点点，我一边帮妈妈收拾衣柜，一边跟她一起回忆穿这些衣服出门的情景。

用了两天的时间，我把妈妈的衣柜全部分门别类收拾好了，妈妈的脸上露出了笑容。看着她又拿起了手机开始与世界接轨，看着她为了早日穿上那些漂亮衣服出门而开始进行卧床抗阻训练，我又问道："现在您觉得那种束缚感打几分呢？"

妈妈："3分吧。我要加油锻炼了，争取早点回归健身大咖行列，我那些一起锻炼的老朋友还等着我呢。你最近工作忙，别老回来了。"

开始即热爱。通过叙事护理的学习和运用，让我知道更强大、更有力量的资源就是我自己。让生活进入生命，温暖了家人和朋友、鼓舞了自我。药物治疗机体病痛，叙事疗愈心灵创伤，让我们在叙事护理的道路上无色处见繁花。

作者：宋晗

工作单位：首都儿科研究所附属儿童医院门诊治疗中心

## 不把工作中的烦恼带回家

冬天来临后,太阳一落山就迎来了天黑。

下班回到家,我发现家中的积木、玩具车和绘本"遍地开花"。平时我老公对儿子的陪伴比较多,在这方面我自愧不如。今天发现老公的状态不如往常,我故作轻松地说:"咱家的'老开心果'今天有点不对劲呀!儿子,是不是你惹爸爸生气了?"

儿子转过头来,满脸委屈地摇摇头。

我说:"老公,最近工作挺忙的吧,回家还要管儿子,你辛苦了。你好像有心事,能跟我说说吗?"

老公说:"老婆,你的工作也很忙,事情也多,我不想再增添你的烦恼。"

我说:"不开心的事说出来我们可以一起面对,这样压力就会分散些。不管发生什么,我和儿子永远是你的后盾。"

老公说:"公司有名老员工要离职,他所在的岗位一时难以找到替补。我犯了难,给他做思想工作也没什么用,我更担心他带走生意上的客户。这件事让我心神不宁,最近做事也变得瞻前顾后,感觉都不像我自己了。"

我说:"原来是这样,难怪我们家里的欢声笑语少了很多。他在公司干了这么多年,突然离职肯定有原因的吧?"

老公:"他离职确实有家庭的因素,只是年关将至,公司事情本来就多,又突然多了这茬,唉!白天我着急去办事,开车超速被罚了3分,我真的感觉我被'衰神'附体了。"

我问:"那'衰神'给你带来什么影响呢?"

老公:"影响大了,像连锁效应。这件事没处理好,影响我接下来做的每件事,导致做每件事都不顺利。"

我说:"是呀,你看我们活泼可爱的儿子今天感受到你的心情,都默不作声,自己老老实实待在一边儿玩。平时我回家,你们都在玩亲子游戏呢。工作中谁不会遇到麻烦事呢?"

老公后悔地说:"你说得有道理,工作中的问题还是不能带回家,一码归一码,不然连生活都会受到影响。我千万不能把'衰神'带回家,我还是要做儿子的开心老爸,家里的气氛担当。"

我说:"以前你工作上遇到困难,最后都处理好了,这次你再好好想想怎么面对。"

老公:"这件事情让我有点自乱阵脚,我首先要调整好心态,合理安排好工作上的事情,区分轻重缓急。最主要的是,工作和家庭要平衡好,消极的情绪不能带回家里,这样会影响大家的心情。"

我说:"'衰神'似乎让你的头脑变得更加清醒了。以后工作中再遇到这种情况,就更有应对经验了。被罚的3分是'生命之神'对你敲了3下钟,无论碰到多紧急的事,安全第一。"

老公:"说的是。生活是自己的,我不能把工作中的烦恼带回家。我要把'衰神'赶跑,不能被它牵着鼻子走。"说完,老公的脸上露出了一丝笑容，他开始陪儿子玩平日里骑高马的游戏，家里恢复了往日的欢笑。

我由衷地感谢叙事护理，因为它带给我温柔的力量，让我能更好地工作、更好地生活。有了叙事护理，它不仅让我疗愈患者、亲密爱人，同时也遇见更好的自己。

作者：胡馨尹

工作单位：湖南省株洲市中心医院田心院区

## 六分的妻子

晚上8点,我拖着疲惫的身体下班回家,经过小区的青石路时,意外发现了散落在地上的玉兰花瓣,惊觉重庆的春天已经到来。抬头一看,玉兰花已开满整个枝头,在月色的衬托下更加洁白,仿佛一个品质高尚的君子,谦虚低调、不与百花争艳。

轻轻打开房门,客厅地上散落了一地的玩具和脏衣服,桌上还有未清洗的餐具。我轻手轻脚地打开卧室,3岁的女儿和1岁的儿子都已经熟睡。老公听见开门声,抬头冷冷地扫了我一眼。

简单收拾好客厅,我倒了一杯温开水走进了卧室,一边将水杯递给老公一边说道:"老公你今天辛苦了,喝点水吧。"

老公:"不渴!"说完,他用手按摩了一下颈椎,然后低头继续玩着手机。

我将水杯放到床头柜上,顺势给他颈椎做了个简单的按摩,然后故作轻松地问:"怎么了呀,感觉你有心事呀?"

老公:"你自己看看这都几点了,家里两个小孩你能花时间陪陪吗?"

我:"老公,非常抱歉,今天加班没来得及提前打电话告诉你一声,下次一定注意把握时间。今天你一个人把两个孩子哄睡着太厉害了,现在我想和你聊一聊，你可以谈谈此刻的感受吗？"

老公："失望。"

我："哦，失望。老公，如果你给我打分，0到10分，你觉得现在的我有几分？"

老公："以前10分，现在3分。"

我："老公，那个失望是从什么时候开始的呢？可以给我讲讲吗？"

老公："当然是从你没日没夜加班开始的，二宝出生后我对你更加失望了。"

我："那个失望给你带来了哪些影响？"

老公："我一看到家里乱糟糟就生气，小区里其他小朋友都是孩子妈妈接送上下学，我做什么事情都心烦意乱，对你就更加不满。"

我："老公，你还记得你当初的择偶标准吗？"

老公声音柔软了一些，回答道："当然记得，最不愿意考虑的择偶对象就是护士，因为护士太忙，无法照顾家庭。"

我："那当初是什么让你改变了想法呢？"

老公："因为你独立，有主见，格外自信，积极上进呗。"说完笑了笑。

我："如果当初我不上进，为了你放弃自己的工作，你怎么看？"

老公："那肯定不会和你走到一起呀。"

我握着老公的手，说："老公，我知道一直以来你对孩子们的陪伴比我多，这一点我自愧不如。你一直认为护士这个职业无法照顾家庭，我一直在尽力平衡工作和家庭的关系，这么多年也非常感谢你的无条件支持和默默付出。"

老公："家是我们共同的家，我们都在付出。不过，下次你注意提前告诉我你大概的下班时间。你饿吗？我给你煮碗面条吧。"说完走进厨房开始烧水煮面。

我追到厨房调侃地问道："老公，现在再给我打个分呗。"

老公："6分吧。以后表现再不好就不及格啦。"说完我俩都笑了。

感谢叙事护理让我亲近了家人，让我学会了如何尊重老公。希望我们护士都能实现事业与家庭的"完美兼顾。"

作者：肖媛

工作单位：重庆大学附属涪陵医院全科医学科

## 有我在 你放心

最近，因为我工作的时间与孩子们的上课时间有冲突，为了支持我的工作，老公向单位申请居家办公，主动承担起了陪伴孩子学习的任务。这两天，孩子们总是向我投诉爸爸，说爸爸看到他们写作业的姿势不对就大声呵斥，看到读课文不流畅就暴跳如雷，连吃饭都不停地挑剔，这也不对、那也有错。我感觉老公整个人都变得焦虑和烦躁。

等孩子们都睡下了，我找到正在书房加班的老公，轻声地问道："这两天感觉你像变了一个人啊，那个又细心、又有耐心的老公哪里去了啊？能告诉我发生什么事情了吗？"

老公停下手里的工作，一脸忧郁地看着我说："你现在还要每周去科室完成两天的 24 小时值守班，一去就是两天不能回家。平日里我们家的饮食起居、孩子的学习、两个老人的照顾都是你在操心，这个时候我觉得我应该帮你分担，让你安心工作。但是，今天我接到领导电话，要求我随时做好返回学校的准备。"

我："你就是因为这个在焦虑吗？"

他："我一想到如果返校，你就要一个人面对家里两老两小的生活，还有你自己的工作，怎么忙得过来啊。所以我现在特别焦躁，实在是束手无策啊！"

我："但是，你觉得焦躁能解决我们家的这些困难吗？"

他："我当然知道不能解决啊。我知道我现在的焦躁会导致孩子们的无所适从，家里的老人看到了也只会更加担心我们。"

我："还记得你常常对我说的那句话吗？'有我在，你放心！'现在我想对你说：'有我在，你也放心。'"

他带着疑惑的眼神，对我说："你能行吗？"

我："我计划先买一周的菜，每天下班回来做没问题；孩子们嘛，让他们相互监督、认真上课，我下班回来再检查。遇到该我值班的时候，我会提前给他们做好饭菜，实在不行就外卖顶一下。总之，有我在，你放心！"

听完我的话，他笑着说："你居然抢我的台词，看来我老婆可以顶全部天了耶。"看着他的笑脸，我也就放心了。

叙事护理告诉我们，要去寻找故事背后真正的原因，不以改变别人为目的，强调对他人生命的了解与感动。我用老公常说的那句"有我在，你放心"来感动他，让他安心去工作。叙事护理，关爱家人的同时遇见了最好的自己。


作者：冉飞

工作单位：重庆大学附属涪陵医院

## 我终于开始尊重儿子

星期天的中午,我们在婆婆家吃完饭,儿子说:"妈妈,我们好久没陪奶奶了,今天周末,要不我们出去玩玩吧?"

奶奶一听立即开心地说:"真的吗?走,走,走,赶紧出发吧。"

10分钟后,兴高采烈的我们开始不淡定了。儿子拿了几瓶气泡水摇了摇,并且摇完后直接拧开。因为是气泡水,打开的一刹那饮料冲洒出来,全喷在他的身上和座椅上。我气坏了,声音提高8个分贝说:"儿子,你就不能用一下脑子吗?"

儿子也不甘示弱,声音提高8个分贝喊道:"妈妈,你以为我很想这样吗?你说事就说事,干吗要侮辱我的脑子?有的事和脑子是没关系的,你才没有脑子。"

我说:"你这是什么态度?"

儿子回敬我说:"事情对不对也要看你的态度对不对,我是因为太开心可以出去玩,然后一激动,忘记了刚刚饮料被我摇过,但是和我有没有脑子是两回事。妈妈你要跟我道歉。"

我说:"我跟你道歉?我不道歉,我只想骂你。"

儿子气鼓鼓地说:"你不道歉,就是对我的不尊重,你不尊重我,我也不会承认我的错误的。妈妈你自己冷静一下想想,你的语气为什么要那么差,干吗要骂我没有脑子?"

我陷入了沉思,一边开着车,一边想着儿子说的话。目的地到了,看着余怒未消的儿子,我决定以尊重、谦卑、好奇的态度和儿子聊聊。

我说:"儿子,你刚才是什么样的心情?"

儿子说:"我难过。"

我说:"嗯,妈妈当时想着你的衣服被弄湿了,座椅被弄脏了。衣服湿了就可能会感冒,座椅脏了又得去洗车,所以就直接来火了,这是我不对。那你刚刚发泄完了,现在心情好些了吗?"

儿子说:"妈妈,只要你不用责备的语气和我讲话,我是不会难过的。我现在心情好多了。其实我知道,这种气泡饮料是不能摇晃的,开的时候要慢慢拧开,气泡就不会一下子冲出来;如果拧开的一瞬间看到瓶口有气泡,就得赶紧关上,然后再慢慢地打开一点点瓶盖,放出气泡;这样的动作重复几次,直至看不到瓶内有气泡,这样就可以避免尴尬事情发生了。"

"哇塞!儿子,你真是生活小达人,妈妈都不知道要这么做。今天我'涨知识'了,谢谢你儿子!"说完,我抱了抱他。

我紧接着说:"儿子,你刚刚难过的原因能和妈妈说说吗?"

儿子说:"妈妈,你去图书馆开车过来的这短短 10 分钟,你知道我做了多少事情吗?我和奶奶下来的时候,家里的旺旺也跟着冲下楼了,我不知道公园能否带大型宠物进入,所以我把旺旺追回来并拉回家。我怕你车先到了,我还没到,所以我都是以风驰电掣般的速度完成的,就我这速度必定给饮料产生很多气泡。接着,我终于按约定时间上了车。

可是，妈妈你经过358省道的时候，一路礼让行人，踩踩停停，车也在晃动，又产生了很多新的气泡。"此刻儿子摇摇头说："哎，我太难了。"

我摸摸儿子的头说："儿子，对不起，妈妈错怪你了。原来你在短短的10分钟里做了这么多事，果然是家里的男子汉，妈妈真诚地向你道歉，你接受吗？"

儿子瞪大眼睛，难以置信地望着我说："妈妈，真的吗？真的吗？真的吗？我当然接受呀！太好咯！妈妈终于知道尊重我啦。"说完，他一蹦一跳地走到奶奶面前拉起她的手，中途还不忘回头对我喊道："妈妈，你赶紧跟上哦！"

看着他们祖孙温暖的背影，我感慨万千。叙事护理，让我以尊重、谦卑、好奇的态度跟儿子沟通，结果，一切都不一样了。我自己不再生气，儿子不再难过，爸爸也不再为难，奶奶也不再尴尬，一家人都开开心心的。

作者：刘荣莉
工作单位：广东省东莞市长安医院疼痛科

## 妈妈很爱我

"妈妈，家里要是没有弟弟就好了。"

"妈妈，我看你就是不爱我！"

起初的时候，我以为儿子只是耍耍小脾气，才6岁能懂什么呢，所以没太在意儿子的感受。

有一天，儿子因为和弟弟抢玩具，把弟弟惹哭了，我便批评道："你干什么，弟弟小，你不会让着弟弟吗？"说完还把儿子的手打了几下。

儿子委屈地说："妈妈你把我从窗户扔下去呗，把我摔死，这样就没有人和弟弟抢玩具了。"

听完我不寒而栗。儿子为什么会有这种可怕的想法？于是我想到了叙事护理。

那天晚上我给儿子专门挑了一本《有话好好说》的睡前故事书，讲完我便温柔地对儿子说："大宝贝能和妈妈聊聊天吗？"

儿子："可以，妈妈你想聊什么？"

我："妈妈白天说你不应该抢弟弟的玩具，还打了你的手手，把你打疼了吧？"

儿子："不疼。"

我："那你为什么说出那句可怕的话呢？"

儿子："因为我生气。"

我："就因为妈妈打了你的小手吗？你能告诉妈妈当时心里是怎么想的吗？"

儿子："觉得妈妈不爱我了，只爱弟弟。"

我："那你能告诉妈妈，妈妈哪些表现让你觉得妈妈只爱弟弟了呢？"

儿子："你每次下班回来都只抱弟弟，弟弟每次玩我的玩具你还凶巴巴地不让我玩，有了弟弟你都好久都没有带我出去玩了。"儿子嘟嘟囔囔地说了好多。听完，我先是很惊讶，儿子小小年纪竟然有那么多的想法，然后陷入了沉思，内心无比自责与内疚。

儿子："妈妈，你怎么不说话？"

我深深地亲了一下儿子的额头："对不起，是妈妈忽略了你的感受。妈妈没有不爱你，只是觉得弟弟小需要多一点的照顾，你能原谅妈妈吗？"

儿子："妈妈我不懂你什么意思？"

我："那你觉得在《小猪佩奇》里，猪妈妈有了弟弟乔治还爱不爱姐姐佩奇呢？"

儿子："爱呀。"

我："那你觉得妈妈有了弟弟有没有爱你的地方呢？"

儿子想了想说："嗯，前段时间你给我买的牧马人汽车我很喜欢，还有给我买的积木我也很喜欢，还有那个机器人我也很喜欢，还有你每天晚上都会给我讲故事。"儿子说了一大串。

我："那你觉得妈妈这算不算爱你呢？"

儿子转过身用他那软绵绵的小手搂着我的脖子，甜美地说："妈妈，其实你还是很爱我的,我以后也会让着弟弟、保护弟弟的。"

我:"谢谢你理解妈妈。妈妈以后会多陪陪你,也会注意和你说话的方式,多考虑你的感受,好吗?"

儿子扭动着那柔软的身子贴到我跟前,甜甜地说了一声:"好。"然后香香地睡着了,呼吸声如树叶的微叹,嘴角挂着弯弯的笑容,脸上露出柔和的表情,好像在做什么美梦。

接下来的那段时间,我发现儿子每次买了新玩具或是零食都会主动给弟弟分享,这让我无比欣慰。

感谢叙事护理,让我及时发现了儿子内心的想法,让我用一种新的方式与儿子沟通,让我发现了自己的不足,及时改变了与儿子的相处方式,让我的家庭更加和睦幸福。

作者:陈美璇

工作单位:延安大学咸阳医院五病区

## 加油 少年

我儿子小学三年级。最近一次的模拟考试结束后，连续三天儿子都闷闷不乐，吃完饭就把自己关在屋里。

那天，我给儿子做了他最爱吃的菜，吃完饭他径自回了房间。我拿着切好的苹果敲了敲房门："儿子，妈妈能进去吗？"

儿子在屋里回应了一声："妈妈，您进来吧。"

我进到房间后，看到的是儿子没有写作业，而是趴在了书桌上摆弄着他喜欢的拼装车。我把苹果放到了书桌上，说："儿子，妈妈能和你聊一聊吗？最近是不是发生了什么事情啊？"

这时候，儿子继续玩弄着手里的拼装车，说："妈妈，其实也没什么事情，您还是忙您的吧。"

我看了看儿子手中的拼装车，继续说："儿子，妈妈之前不是说过吗，谁都有不开心的时候，要是说出来，你的不开心就能减少二分之一。不妨你就说一下，妈妈也许能替你分担一些。如果妈妈不能解决，你就当和你的宝贝拼装车在说话，好吗？"

听完我说的话，儿子哭得泣不成声。我静静地坐在他的身边，把纸巾递给了他。看见儿子还在大声地哭，我站起来，抱着儿子，用手轻轻地抚摸儿子的后背。大概 5 分钟后,儿子情绪稍微缓和了一下,擦了擦眼泪说:"妈妈,我们前两天模拟考试,您都没有问我成绩,我也不好意思说,考得实在太差劲了。之前一二年级没有什么作业,到了三年级作业好多,还有作文,我不知道怎么做才能学习好?"

我说:"儿子,妈妈猜到了你可能不开心的原因,那你能用一个词语来形容你现在的状态吗?"

儿子看了看我说:"就叫它无能为力吧。"

我说:"那无能为力给你带来了什么影响啊?"

儿子思索了一会儿说:"我现在每天不像以前那么爱去上学了,感觉班里好多同学学习都特别好。我现在课间有时间就做题,不怎么和同学说话,时间长了,我的好朋友找别人玩去了。回家什么也不想干,我感觉不论我怎么努力,成绩还是那个样子。我现在不想组装拼装车,也不想练琴,感觉自己什么都不是,即便努力了也是白费。"

我反问道:"你想要这样的状态吗?"

儿子不假思索地说:"妈妈,我当然不想要这样的状态。我特别想像以前一样,有很多的好朋友,一起学习、一起玩耍。"

我继续说:"如果你继续这个状态,你以后的学习和生活会成什么样呢?你可以想想再回答。"

儿子思索片刻后说:"我的好朋友都不愿意和我在一起,我交不到新的朋友。学习成绩会越来越差,以后我也没有兴趣练琴了,我梦想的音乐学院也会考不上了。自己喜欢的拼装玩具也没有兴趣组装了,可能会感觉生活没有乐趣了。包括妈妈今天给我做的美食,我都没有兴趣了。"

我问:"你认为自己有哪些优点呢?"

儿子说："妈妈，我能坚持不懈地做自己喜欢的事情。你看看，我从5岁就开始弹琴，每天都练琴，现在电子琴6级和初级音乐基础课都考过了。在考级的过程当中，我没有死记硬背，总结了一些规律和窍门，能让我记得更加牢固。我还特别努力地练琴，每次老师留作业让练琴一个小时的时候，我认为自己弹得不够好，都是多练习半个小时。长期努力下来，我现在感觉自己弹得更加优秀了。还有组装拼装车的时候，我发挥自己的想象，让汽车看起来更个性、更炫酷。还有，我性格开朗，爱和同学一起讨论好玩的游戏，我街舞跳得特别好。妈妈，你忘记了，一年级的时候街舞比赛，我还拿过三等奖呢。想想以前，真快乐啊！"我从儿子的眼神当中看到了以前的快乐时光。

我说："是的，儿子，你的证书和奖牌还都在书柜上放着呢。那你有没有办法去改变现在的状态呢？"

儿子灵机一动，高兴地说："妈妈，我知道怎样去做了。我不会被轻易打败的。我现在到了新的班级，比之前长大了，一定会继续努力学习的。我可以找其他同学聊聊，找到一些学习的规律，不会再盲目地死记硬背了。再有不会的问题，我会主动问老师。我还得继续坚持，一次失败不能打倒我。我还像练琴一样，不行的话，就每天多学习半个小时，我相信下次考试一定要比这次好。为了我的音乐学院，我要继续加油！"

我说："加油吧，儿子！"我和儿子互相击掌，看着儿子明白了自己努力的方向，我继续说："儿子咱们做个计划表吧，把你的长期计划和短期计划都列出来，给自己制定一个目标，看看是否能达到目标。如果没有达到目标，咱们随时找一下原因，随时更改计划目标，你看看这样行吗？"

儿子开开心心地把他的计划都写在了笔记本上，一个个表格立马呈现出来，一周完成的内容、一个月完成的内容、两个月完成的内容……

加油吧，少年！

作者：李青

工作单位：河北省保定市第一中心医院东院妇科

## 儿子遇到友情危机

下班回家，一打开家门就看见儿子怒气冲冲地跑过来对我说："妈妈，我再也不想和阳阳（化名）一起玩了。"

我摸摸他的头说："为什么呀？阳阳惹你生气了？"

"对，我要和他绝交，再也不想理他了。"儿子翘着嘴巴说道。

"你们之间是发生什么了吗？"我故作惊讶。

"你知道他干了什么吗？他把我借给他的铅笔弄丢了。那可不是普通的铅笔，是上次我课堂表现好，谢老师送给我的，我很爱惜，平常都不舍得用呢。"

"嗯，确实很糟糕。"我蹲下身子抱了抱他。我知道他平常就是一个很爱惜自己东西的人，稍有损坏就会难过。这次弄丢的还是谢老师送他的铅笔，估计我又得安抚好半天才能平复。我拉过他的小手说道："儿子，如果用一个词来形容你现在的心情，那会是什么呢？"

"当然是气炸了。我感觉我肺气得快要爆炸了。"儿子握着拳头愤怒地说道。

"那你能给妈妈说一下，你这种快要爆炸的心情给你带来了什么影响吗？"

"当然有影响,今天发生的事导致我现在不想和阳阳再做朋友了。以前我们关系可好了,一下课,我们就形影不离,连上厕所都要一起去。"

"听你这么一说,你们的关系还真不错,妈妈真是羡慕你有这么要好的朋友。你能再给妈妈讲一点你们之间有趣的事吗?或者讲一讲阳阳平常是一个怎样的人?"

"妈妈,你还记得以前和我看过一个动画片叫《汪汪队立大功》吗?里面有一只小狗叫毛毛。阳阳就像里面的毛毛一样,他很可爱。他还很搞笑,经常做一些搞笑的动作和表情,逗得同学们捧腹大笑。"儿子一边说,一边嘻嘻地笑了起来。

"这样说来,他就是你们的'开心果'呢?"

"对呀,就算我不和他玩,只是看他和其他同学打闹就很搞笑。他玩游戏还慢半拍,总是拖我们的后腿,被其他同学捉住了,经常还要我们去搭救他。不过我们还是喜欢和他一起玩。"

我笑笑说:"你和妈妈聊了这么多,现在还是决定不和阳阳做朋友了吗?"

"嗯,刚才生气的时候确实不想再理他了,但是现在回想起来,其实和他做朋友的感觉挺好的。我也不是真心不想和他做朋友,只是他弄丢了我珍惜的东西,我有点伤心而已。"

"如果你不介意,妈妈买一个一模一样的铅笔给你好不好?"

儿子想了想说:"唉,算了算了,暂时不需要,我铅笔还多着呢。"

我:"你明天上学准备怎么面对阳阳呢?"

他立刻做出一副大人不计小人过的模样说道:"算了,这次就原谅他了,但我想和他谈一谈,该如何爱惜别人东西这件事。"

我揪了揪他的小脸蛋说:"我的儿子不生气了。"

第二天,儿子告诉我,阳阳找到了丢失的铅笔并还给了他,他们已经和好如初了。

孩子们的友情是这个世界上最纯真、最真挚的,而妈妈则是他们心中那个值得信赖、可以依靠的人。当孩子们面对友情危机时,作为家长应该以开放的心态倾听孩子的心声,耐心引导和帮助他们解决问题,帮助孩子成为更好的自己。

作者:常媛

工作单位:重庆大学附属三峡医院心身睡眠科

## 我也想要

我是一名护士,同时也是两个孩子的妈妈。都说妈妈是孩子的铠甲,而我却似乎没有成为孩子最坚实的铠甲与后盾。

周五下午去接大儿子放学,远远地看见他背着沉重的书包垂头丧气的样子,脸上写满了三个字:不开心。

我:"谁惹到我家大少爷了?"

儿子:"今天老师布置了一篇作文。"

我:"作文题目是什么?让我猜一下,我想应该是比较难,要不然你怎么会愁眉苦脸的。"

儿子:"题目是《我也想要》。儿子说这句话的时候,眼睛里已经含着泪水,然后,他把头深深地低下了。"

我:"这题目确实比较难,是你想要的太多,想要奥特曼卡片、想要吃汉堡、想要玩游戏……多得难以选择了吧?我边说边冲着他的腋窝挠痒痒。他满脸委屈,终于抑制不住自己的情绪,小宇宙爆发了。"

儿子:"才不是呢!你说的虽然是我想要的,但并不是我目前阶段最想要的。"

我:"那你想要什么,能不能把这个小秘密告诉我,看看我能不能帮你实现？"

儿子："是你让我说的，我说了你不许发脾气。"

我："妈妈保证，今天只做一个安静的倾听者。"

儿子："我想要出去玩。"

听到这句话，我心里一怔，满脑子里挂满了问号。

我："妈妈好像没有不让你玩哦。"

儿子："从周一到周五，除了周二晚上我没课，其余4天都要上课，别的小朋友做完作业就可以出去玩，我却不能。周末也不能好好休息，我很累，我也想出去玩。说到这里，儿子已经大哭了起来。我心里也在不停地反思对于儿子的教育是否存在问题。"

我："很感谢你能对妈妈说出这番话。还有其他的吗？"

儿子擦干眼泪说："我也想要爸爸妈妈带着我跟弟弟一起去看看外面的世界。我周末休息，你每月才有一次周末休息，你休息的时候我却在上学，好不容易4个人都赶上周末休息，你跟爸爸总有忙不完的事情。"

听到这里，我的眼泪也不争气地在眼眶里打转。

我："儿子，真的很高兴你能跟妈妈说这些心里话，也非常感谢你让妈妈知道我的问题在哪里。妈妈本想让你多学习，以后不要被生活所困，可以多一分生活的技能，多一分自己的热爱，多一次自我选择的机会，却忽略了你现在只是个孩子，应该有个快乐的童年。往后的日子里，我会尽量多抽出时间陪你们玩，请允许妈妈和你们一起分享你们成长的每一个瞬间。"

这时儿子的情绪平和了下来，默默擦干了眼角的泪水。

儿子："妈妈，我知道你做的都是为我好，谢谢！我今天的态度不好，对不起！"

看到儿子情绪恢复如初，我冲他笑了笑，拍了拍他的肩膀。

夕阳下，两道长长的身影，小手拉大手……

我爱我的护理工作，也爱我的家庭。在这里，我也想要说，感谢叙事护理，让我用叙事的方式护理患者，同时也关爱了我的家人，谢谢叙事护理！

作者：陈静

工作单位：武汉儿童医院心胸外科

### 我是一颗芝麻粒

最近,儿子不爱去上篮球课,磨磨蹭蹭、拖拖拉拉,撅着嘴,一副不情愿的样子。

我:"好久没去上篮球课了,今天天气好,打室外场刚刚好,去吧。"

儿子态度坚决:"不去。"

我不解:"为什么呀?"

儿子拉着脸、跺着脚说:"就是不想去。"

我望着他焦躁不安的样子,把他拉了过来。

我温和地说:"你能告诉妈妈现在是什么感觉吗?"

儿子嘟着嘴:"伤心。"

我:"这个伤心什么时候离你近一些,什么时候离你远一些?"

儿子:"打球的时候离我近一些,去闽江公园玩的时候离我远一些。"

我:"伤心对你说了什么?它的话对你有什么影响呢?"

儿子若有所思:"它告诉我不要去打篮球,教练很凶,很严格,教的动作很难,很难学的,我就听了它的话。"

我恍然大悟:"哦,你觉得伤心说得对不对呀?"

儿子耷拉着脑袋:"既对又不对。"

我很好奇："为什么？"

儿子："因为它说的是事实，我觉得我在教练的眼里是一颗小小的芝麻粒，其他小朋友都长成芝麻树了，我还是芝麻粒。"说着说着，儿子的眼眶红了。

我拍了拍他："伤心它哪里说得不对呢？"

儿子："它一直不让我去打球。"

我："如果一直不去会怎样？"

儿子："那就更打不好了。教练说过，打得好可以去比赛。"

我："是吗，你想去比赛吗？"

儿子两眼一亮说："想啊，以前教练说我球打得好，有机会参加比赛。"

我："哇，这么厉害。"

儿子："是啊，以前我还在小朋友面前示范过运球，教练夸我动作规范。"

我："投篮呢？"

儿子："投篮也不错，平时我们在小篮筐练习，旁边还有一个高高的篮筐，我也投得进。"

我："嗯，很棒！还喜欢什么运动呢？"

儿子："跑步、跳绳、打羽毛球。放寒假的时候，爷爷带我去跑步，我一下子跑了一公里，爷爷都追不上我呢。还有跳绳，现在一分钟能跳一百多下，比以前进步了。"

我笑了："那你觉得自己还是一颗小小的芝麻粒吗？"

儿子："长大了一点点。以后还会长吗？"

我："会啊，会慢慢长大，长成一棵芝麻树，而且每个小朋友成长速度是不同的,有的长得快一点,有的长得慢一点。爱打球的小朋友,长得不会慢。"

儿子点了点头:"哦,这样啊。"转身拎球要走。

我:"不跟伤心说再见吗?"

儿子摇了摇头,夕阳下,洒下一道细细的长长的身影。

作者:蒋丹炜

工作单位:福建省福州市第一医院儿科

## 消失的"拉锯战"

每天晚上9时左右,我和3岁多的女儿都有一场"拉锯战"。

我说:"宝宝,洗澡了哦。"

女儿毫不迟疑地说:"妈妈,再等5分钟。"

我说:"好的,说好了5分钟哈,我定闹钟了哈。"

5分钟后……

我说:"宝宝,时间到了,我们去洗澡吧。"

玩得不亦乐乎的她头都不抬地回答我:"妈妈,再等5分钟。"

我带着商量的语气说:"3分钟,好吗?"

女儿马上回答我说:"4分钟。"

我非常无奈地说:"好吧,4分钟,一定要言而有信哈。"

4分钟后……

我说:"宝宝,时间到了哦,小鸭子、喷水小火箭在等着我们洗澡哦。"

女儿说:"妈妈,再等1分钟。"

1分钟后……

我说:"宝宝,洗澡了哦。"

女儿说:"妈妈,再等1分钟。"

看着时间一分一秒地过去，焦急又忍无可忍的我，经常是声色严厉地拖着女儿去洗澡。我们之间的战火还常常点燃到先生身上。发展到后来，只要晚上一提到洗澡，女儿都要哭闹半天，真不是一般的糟心。

生活也不是总那么让人束手无策。自从去年接触叙事护理，我对叙事护理产生了浓厚的兴趣。无意中我还翻到以前买的绘本《坏脾气小精灵，快走开》，嗯，这不是叙事疗法中的问题外化嘛。

晚上又到了洗澡时间，我调整了"战术"。

我说："宝宝，洗澡了哦。"

女儿一如往常，立马坐在地上乱蹬着小腿，带着哭腔扬起声调大声说："我不洗澡！"

我说："宝宝，是不是坏脾气小精灵抓住你了？"女儿略止住哭声，用疑惑的眼神看着我。

我说："坏脾气小精灵就是要让宝宝哭，让宝宝哇哇大叫，让宝宝不洗澡，让细菌都待在宝宝身上，让所有的人都不喜欢宝宝。"

女儿跑来趴在我身上说："妈妈，坏脾气小精灵在我头上吗？"

我说："来，我看看。是哦，坏脾气小精灵在你头上哦。我们一起赶走坏脾气小精灵，把开心小精灵请过来，好不好？开心小精灵让宝宝笑眯眯，让宝宝香喷喷，让所有人都喜欢宝宝。"

女儿说："妈妈，我们可以赶走坏脾气小精灵吗？"

我说："当然可以，妈妈是强壮女士，一定可以和你一起赶走坏脾气小精灵，但是妈妈也需要宝宝的帮助哦。"

女儿说："妈妈，我怎么帮你？"

我说："你笑一下，好不好？"

女儿咧着嘴非常勉强地笑了一下。看着她尚有泪痕的脸上硬生生挤出的笑容，我忍俊不禁地扑哧笑了出来，女儿也跟着哈哈大笑着说："妈妈，我们去洗澡，我要变得香喷喷。"我牵着女儿的小手进了盥洗室，女儿用小脚丫使劲儿地跺了跺澡盆里的水，溅起的水花打湿了我的衣服，我的心里倒是涌出了别样的安宁之感。

现在女儿4岁了，每天洗澡前上演的"拉锯战"已不再有了。叙事护理应用在生活中，不仅能给生活增光添彩，也增加了我对生活的掌控感。

作者：孙祝华

工作单位：南方医科大学第三附属医院健康管理科

## 儿子成长记

我儿子5周岁,夜间不敢独自去卫生间。面对这困扰我许久的问题,我请教了朋友,得到了很多如何增加孩子独立生活的宝贵经验。一天,我带着计策回家,正好赶上儿子需要去卫生间,我有意识地想锻炼他独自完成,没承想儿子回复:"我害怕有怪兽,怪兽一旦把我抓走你有可能会失去我的。"

一旁的老公答复道:"你跑着去卫生间,边跑边叫爸爸,我们听到声音给你一个回复,我们就在这个房间里,不会远离你的。"孩子面对爸爸的严肃,只能独自向卫生间跑去,那速度堪比坐火箭。

看到儿子不情不愿的,于是,我想陪他聊一聊,看看是否能帮助他找到属于他的那份内在力量。

我走向正在玩玩具的儿子,温和地说:"好多造型的奥特曼,跟妈妈介绍一下,它们都是谁呢?"

儿子用稚嫩的童音向我一一展示道:"佐菲、初赛文、杰克、泰罗、雷欧,妈妈你手里拿的是奥特曼之王,我最喜欢它了。"

"可不可以跟妈妈分享一下你为什么喜欢它呢?"

"它会把怪兽都消灭掉,我喜欢它的勇敢。"

"哦。儿子,我们身边现在有怪兽吗?"

"怪兽是电视里面的,我们身边没有怪兽,如果怪兽真的出现,我也要像奥特曼之王一样变得超级勇敢。"

儿子在地板上一边展现自己的功夫,一边向我嚷道:"妈妈看我厉害不?"

我向他竖起大拇指:"奥特曼有没有勇气独自去卫生间呢?"

"奥特曼战神勇敢十足,区区小事还能难倒我吗?"

"能告诉妈妈为什么跟以前想得不一样呢?"

"因为以前总感觉没人陪着我,很怕,怕黑影,怕黑夜。"

"现在那个黑夜、黑影还在,你还怕吗?"

"奥特曼之王能量充足,我和奥特曼之王相结合,融为一体,黑又不是凶凶的怪兽,第一次我可以先打开灯的开关,或者带上有手电的手机,问题就解决了。时间长了我就会习惯,那个怕怕不就被我打败了嘛。"

这时儿子尿急,主动请缨:"妈妈,我是奥特曼,我要变成一个真正的勇士哦。"

我给了他一个加油的手势。

从那以后,儿子晚上都是独自一个人去卫生间,再也没找我们跟他做伴。

事后,老公很开心地向我询问:"你这是给孩子吃了什么灵丹妙药了?"

"灵丹妙药就是叙一叙,聊一聊,不是口服,而是外用。"

我很感谢学习了叙事护理,让我和家人的关系更加亲密。

作者:李丹旦

工作单位:河北邢台市第九医院巨鹿县医院产房

## 大宝小宝都是宝贝

下班回家，我刚打开家门就听到大宝气愤地对老公吼："你什么也没看见！就知道骂我，懒得跟你说！"转身冲回房间，甩上了房门。老公抱着哭泣的小宝待在了客厅。

我赶紧问老公怎么了？原来是两个孩子在客厅玩，抢玩具，大宝力气大，把小宝甩到了地上。看到大宝按着小宝，小宝哭着，老公觉得应该是大宝把弟弟摔到了地上，就说了大宝。老公说大宝的手也被弄破了。

我拿了消毒工具敲开了大宝的房门，大宝恼怒中带着委屈，他对我说："妈妈，今天明明不是我的错。"

我说："来，先给我看看你的手，再慢慢说是怎么回事。"处理好大宝手上的皮肤擦伤，他的情绪慢慢恢复了平静。我开始了和他的对话。

我："儿子，说说你刚才的心情，用你觉得贴切的词语来形容，是什么？"

大宝："委屈。"

我："委屈，说来听听。"

大宝："弟弟跟我玩，后来我要做作业了，他就来抢我的尺子。他倒在地板上就要撞到茶几了，我一手按着他，一只手去护他的头，我的手就撞到茶几上了。弟弟哭了,爸爸从房间冲出来就骂我。"

我:"原来是这样啊,你是为了保护弟弟,不让弟弟的头撞到,才按着他,是吗?"

大宝:"是的。爸爸偏心,生了二胎后,老大就是根草,老二才是手中宝。"

我有点被震惊到了,一边反思一边问:"儿子,为什么这样说啊?"

大宝:"好几次玩的时候,明明是弟弟自己摔倒了,爸爸都怪我。"

我:"儿子,在我的心里,大宝是我的宝贝,小宝也是我的宝贝。我和爸爸对你和弟弟都是一样的爱,爱你,也爱弟弟。你现在大了,弟弟才两岁多,正是各种意外伤害容易发生的时候,我和爸爸现在这个阶段关注弟弟就多一些,有事时难免会紧张。记得你和弟弟一样大的时候就发生过撞到头、夹到手等这样的事情,当时我们也是紧张、担心得不得了。你今天保护了弟弟,为了避免他撞到头还弄伤了自己的手,说明你也爱弟弟,对吧?爸爸不应该不分青红皂白就骂了你。"

大宝:"妈妈,对呢,我爱弟弟,不想他受伤。"

我:"你现在心情好点了吗?"

大宝:"现在我心情好多了,因为妈妈听我的解释,我也理解了爸爸的紧张。"

我:"我们大人也会犯错,也会很紧张,也会有做得不好的地方,希望你能给我们及时地指出来。"

老公了解了事情的经过,知道自己冤枉了大宝,他赶紧去给大宝道歉。看着客厅里父子三人又露出笑脸,我的心里不禁感慨万千。在接触叙事护理前,我和老公的反应也是一样的。感谢叙事护理,让我怀着尊重、好奇、聆听的心跟儿子沟通、交流。

作者:朱加艳

工作单位:中国人民解放军联勤保障部队第 920 医院军队干部病房

## 妈妈认为我很棒

我儿子阿布上小学一年级。星期天,他的小表姐来我们家玩。如往常一样,我告诉他:"阿布,你先完成100道口算练习,然后就可以和小表姐一起玩了。"

他歪着头想了想说:"做完100道口算,就真的可以玩一天了吗?"

我笑着说:"是呀,小表姐难得来一次。做完口算,你就可以和小表姐玩一天。"

阿布愉快地接受了作业,小表姐表示也想一起做题。就这样,两个小脑袋凑到了一起,不到30分钟两个人先后完成了口算练习,并交给我检查。最后,小表姐得了100分,阿布得了99分。突然,阿布坐在了地上哇哇大哭起来,我的脾气一下子就上来了,高声说道:"刚才还好好的,哭什么哭。"

阿布哭着说:"我没得100分。"

我生气地说:"怪得了谁!哭了就可得100分吗?"

他抽泣着说:"不是!我是觉着我一定要得100分!我对自己生气!"

听了阿布的话,我哑口无言,陷入了沉思,我决定好好和他聊聊。

我抱起儿子,让他坐在我的腿上,我说:"阿布,你刚刚是什么样的心情？"

阿布说："难过。"

我说："对不起阿布，刚才看你突然哭妈妈还发火了，再跟我说说那个难过。"

阿布说："我气我自己怎么这么粗心，姐姐能得100分，我也可以的。再来一次，我一定仔细看题。"

我说："妈妈刚才看你口算没得100分，却还先哭了起来，就着急生气骂了你。妈妈误会你了，你能原谅妈妈吗？"

阿布说："妈妈，是我没做好先哭的呢，我不怪你。"

我说："现在那个难过还跟着你吗？"

阿布说："妈妈，我现在心情好多了。其实我知道，没考100分，是我自己粗心，做完题没有认真检查一遍。以后做完题后，我会认真检查的。下次，我一定得100分。"

我说："阿布，一次口算练习你都总结出来学习经验了。我今天才知道，阿布的思路原来这么条理分明。你虽然没有得100分，可你学会了反思自己，你真棒！"

儿子难以置信地望着我说："真的吗？妈妈，你真的认为我很棒？太好了！我爱你，妈妈！"

看着阿布纯真的眼神，我感慨万千。叙事护理让我以尊重、好奇、耐心的态度跟儿子沟通，结果，一切都不一样了。我自己不再生气、儿子不再小心翼翼，一家人都开开心心的。

作者：张乐

工作单位：陕西省咸阳市第一人民医院心血管内科CCU病区

## 首战告捷

最近我加入医院的心理护理学组,接触到了叙事护理,作为一名叙事护理的小白,我还没有进行过相关实践。

一天晚上,我和老公、6岁的儿子三人一起回我娘家。愉快的晚餐之后,儿子和他表妹一起看电视。我们三人准备回家的时候,儿子极不情愿地起身,碰巧哥哥和嫂子又对他开了个玩笑,一下子触碰到了他的情绪开关,儿子朝着老公又打又踢。老公被他惹毛,两人打成一团。

回家的路上,我想了好多种面对这个事情的方法。如果按我以前的做法,我可能会跟他们冷战,最后谁先绷不住谁就输了,但这样的结果会对儿子造成很大的心理阴影。我还可能采用语言暴力,关起门来与他们一人吵一架,但这样似乎治标不治本。突然,我想起了最近在学的叙事护理,何不先在他们身上实践一番。打定主意后,叙事护理的框架在脑海里开始慢慢搭建,我好像在黑暗中看到一抹耀眼的烛光。

回到家后,老公坐在沙发上生气,儿子跑到阳台关着门谁都不理。我洗了把脸,做了几个深呼吸,心想着该如何开始这场叙事。

首先,我想到的是叙事护理的基础理念——同理心。我整理好心情之后,慢慢走到阳台,打开门,缓缓蹲下来,用平静的语气跟儿子说:"你愿意跟妈妈聊一聊吗？"儿子没有吭声，但我知道，他一定也很委屈。于是我伸开手臂问他："需要妈妈抱一抱吗？"一瞬间，儿子的眼泪如决了堤的洪水，倾泻而下。我轻轻拥抱着他，拍打着他的背部，并没有急于询问和安慰，而是让他静静地流着眼泪。过了一会儿，我觉得他的情绪已经平复一点了，我说："你愿意跟妈妈一起分析一下今天的事情怎么会变成这样一个局面呢？"

儿子含泪点点头。

我："你那会儿为什么那么生气呢？"

儿子："因为我不想让妹妹再看电视了，她的眼睛那么漂亮，电视看多了会近视的，别人会不喜欢她的。"

我："原来你是好心呀。但妹妹没有听你的话，你很难过？"

儿子："对。"

我："还有其他原因吗？"

儿子："你们大家还都笑话我，说我是因为自己看不成电视了才不让妹妹看了，我不想让你们这样说我。"

我："哦，原来是这样啊。如果给你刚才的那个状态起个名字的话，你会叫它什么呢？"

儿子："'小魔'，可以吗？"

我："当然可以。你觉得这个'小魔'跑出来的时候，给你带来什么影响呢？"

儿子："'小魔'会让我发脾气、打爸爸，还会不开心，还让我走的时候忘了把我的跳绳拿回来。"

我："你觉得'小魔'有没有优点啊？"

儿子："我不知道。"

我："'小魔'之所以会出来，是不是因为它把你打败了？"

儿子："是的。妈妈你今天没有发脾气，是因为你会控制情绪，对吗？"

我："儿子说得对，妈妈最近在学习这方面知识。人这一辈子，一定要学习终身成长，妈妈已经意识到了。你觉得我们以后该怎么做才好呢？"

儿子："遇到事情先冷静一下，一发火就不容易收场，我也要努力不让'小魔'经常出来作乱，好好的晚上变成了乱糟糟的晚上。"

我："遇到事情先冷静，儿子你非常棒。你现在是打算在阳台再冷静一会儿，还是玩会儿玩具？"

儿子开心地说："我在这里再玩一会儿玩具。"

过了5分钟，儿子打开阳台门，手里拿着玩具，准备向老公请教一些问题。我冲他使了使眼色，他立马会意，立正站好，给爸爸恭恭敬敬鞠了个躬："爸爸，对不起！"爸爸见状，也照着样子回了个礼，两人抱在一起，欢喜得不得了。直到睡觉之前，儿子的嘴里都还在哼着小曲。

首战告捷！整个叙事过程大概持续了20分钟，但收获的结果却比之前任何一种方法都让我惊喜。至此，我忽然发觉，我好像在迷迷糊糊中敲开了叙事护理的大门。

作者：杜鸰

工作单位：河南省中医院（河南中医药大学第二附属医院）消化内镜中心

# 关爱友朋

## 学会收拾生活中的一地鸡毛

撒一把种子，开一簇花，等一个秋天，结一片瓜。每个人都希望过诗一般的生活，可是生活总猝不及防地给我们一地鸡毛。

那天邻居玲玲（化名）找我抱怨："两个孩子天天让人操碎心，想让我老公帮忙，可他天天漫不经心。"

我："你想让你老公怎么做？"

玲玲叹了口气说："我想让他把我说的话当回事，让他办的事立马去办，而不是每次我跟在后面催，我还想让他多操心点孩子的事。"

我开玩笑道："你对你老公要求还挺高的。你觉得现在的生活是个什么状态？"

玲玲："一地鸡毛！"

我："这个一地鸡毛来自哪里？对你有什么影响吗？"

玲玲说："孩子进入青春期，不知道怎么引导孩子，每天都在担心孩子出问题，老大最近给我说有女孩给他写信。在这方面我希望老公能帮我指导一下孩子，可是他总是惯着孩子，不打也不吵，不紧也不慢。不符合我的心意，我就吼他们，觉得自己像个疯子，老公看不惯我，我们就会吵嘴。我总感觉自己的生活不在正常轨道上，一地鸡毛的感觉也时常围绕着我,让我变得更烦躁,更容易发脾气,好像形成了死循环。"

我:"你老公不紧不慢,你每天气冲冲地使出全身力气,结果怎样呢?"

玲玲说:"我觉得孩子不但没有变乖反而离我越来越远,和我老公更亲。我天天吵他们也是为他们好。"

我:"我明白你为孩子付出那么多,他们不理解你时的那种失落,等平静下来又觉得自己很可笑。"

玲玲频频点头说:"是的,就是那样的。"

我:"玲玲,你刚才说为他们好,是想让他们变成什么样子吗?"

玲玲:"你也知道,我小时候家里生活不富裕,初中就辍学了。现在每天这么努力,就是想给两个孩子好一点的生活,希望他们能抓住学习机会,长大以后不要像我这样。现在不吃学习的苦,将来肯定要吃生活的苦。"

我:"你想消灭掉那个一地鸡毛吗?"

玲玲说:"当然想了,我也不想做个疯子一般的妈妈。现在孩子已经不和我亲近了,我该怎么办?"

我:"刚才你不是说老大还和你说有女生给他写信的事吗,这不是和你亲近的表现吗?我听阿姨说,你小时候有一次很多小伙伴去家里找你玩,你抵制住了诱惑,最终选择了写作业。说明你是能掌握自己思想的人,不要让生活打乱你的节奏,你应该静下来想一想怎样才能掌握生活的节奏,我相信你可以的。"

玲玲突然有了笑容:"是的,孩子大了我应该给他们空间。老大这一开始上初中我就特别紧张,我应该让自己慢下来。"

前几天玲玲给我打电话说:"老大以前在班里考20名左右,这两次考试每次都有进步。我要试着慢下来,学会收拾生活中的一地鸡毛。"

作者:王玉芳

工作单位:河南省永城市永煤集团总医院儿科部

## 手机那端的"风波"

一天休息，我正躺在床上睡懒觉，手机"嗡嗡嗡"的震动声把我从睡梦中惊醒。抓起手机按下接听键，里面传来朋友粗粗的喘气声，我揉着眼睛问："咋了？"

听到我的声音，她有点抱歉地说："你在睡觉吗，吵醒你了？"

我打着哈欠说："没事没事，你说。"

她粗粗的喘气声再次传来："气死我了，真是气死我了，我是上辈子欠他的吗？"

我坐起身来："怎么了，谁气你了？"

"还不是我家儿子，辅导个作业都能把我肺气炸。"

我半开玩笑地说："他是你亲生的，有啥好气的。别气了别气了，给我说说。"

她开始"吧啦吧啦"说了起来，音量也随着剧情一点一点升高，最后她声音突然低下来说："我没忍住，就动手打了他。"

"然后呢，你现在啥感觉，有没有解气？"

"没有。我现在有点后悔，不该那么冲动动手打孩子。"

"可以具体说说因为什么'冲动'而后悔吗？"

"我觉得那么简单的题怎么可能不会,讲了一遍又一遍还不会,我就很生气,咋那么笨,一点都不像我。但是,打了他,看他那么无助的样子又很后悔。"

"你是觉得你小时候很聪明,儿子却不像你,对吗?"

"我是这么觉得,最起码我写作业时没这么费劲。"

"你小时候谁辅导你作业?"

"我爸呀。"

"叔叔辅导你写作业时有没有打过你?"

"打啊。不过我爸打过我几次后,我就有经验了。我在学校就写好作业,不会的问老师,所以我成绩一直很好,老师也很看好我,也造就了我凡事都要比别人强的性格。"

"你真的很优秀,也很会应对,所以就不容许你的孩子不优秀,对吗?"

她沉默了好久好久,我就默默地等她。

一分钟后她的声音再次响起:"我大概知道我的问题了,我把我对于优秀的认知加到孩子身上了。"

"你真的很棒。你觉得你爸爸和你、你和你儿子有什么关系?"

这次她回答得很快:"我在无意识地重复我爸爸。"

"如果可以对小时候的你说句话或者做件事,你最想做什么?"

她想了一会儿说:"我会对爸爸说,打我后抱抱我,对我说,爸爸是爱你的,只是方式不对。"

"那小时候的你会是什么感觉?"

"觉得暖暖的,也理解爸爸是为了我好。"

"你现在要怎么样处理那个'冲动'？"

她轻轻地笑了："亲爱的，谢谢你，我懂了。"

后来，她带着孩子约我吃饭，饭桌上看到她和孩子温柔地说话，我笑了。她在孩子吃饱跑开后，迫不及待地和我分享："上次和你聊完后，我回去抱了抱他，他还有点不好意思，我才猛然发现我有多久没抱过他了，之前天天抱在怀里的小婴儿突然长这么大了。"

"我还和他约定好了，以后妈妈每天都给他一个抱抱，而且辅导作业时不再急躁。如果忍不住时，就取消当天的抱抱。"

她儿子突然说："妈妈，我不要惩罚你，我要在你表现好时奖励你，如果你连续三天不发脾气，我就上交我的压岁钱。"

听完后我俩哈哈大笑，我笑着说："你看，你儿子笨吗？我觉得这个孩子完全遗传了你的聪明机灵劲儿。"

看着朋友一脸的骄傲，我很感恩遇到叙事护理，可以在朋友困惑时帮助到她，提高幸福感。人的一生要一直不断地学习和探索，不要害怕碰壁，因为碰撞出来的不只有头上的包，还有人生智慧。

作者：王凤珍

工作单位：河南省永城市永煤集团总医院

## 往前走

朋友小薇（化名）失恋了，分手后这几个月，她很难过。于是有了我们的这次对话。

小薇："胡姐，你说我是'恋爱脑'吗？"

我："'恋爱脑'？你能具体说说吗？"

小薇："哦，我把分手的事儿说给其他朋友听，他们都说分手就分手了，还说我值得找一个更好的男友。只有你，不这样说，你告诉我没有对错，去看看能从这件事中成长点什么。"

我："你现在的感觉怎样呢？"

小薇："我有些悲伤。"

我："你试着想一想，这个悲伤有几分呢？如果0分是一点都不悲伤，10分是最悲伤，你能给这种悲伤状态打多少分呢？"

小薇："2到3分吧。"

我："2到3分，嗯，你觉得这个悲伤程度严重吗？"

小薇："（笑了笑）好像也没那么严重呢。"

我："从分手到现在这两个月时间里，你觉得这个悲伤程度有变化吗？"

小薇："有变化。一开始重些，现在慢慢淡了些。"

我："你觉得再过些时间悲伤的得分还会变化吗？"

小薇："会啊。"

我："会怎么变化呢？是得分越来越高，还是越来越低？"

小薇："会变得越来越淡吧。"

我："会变得越来越淡？"

小薇："其实我的要求不高，只想好好谈个恋爱，走进婚姻。"

我："嗯，我们能否试着做个假设，假设5年以后，你实现了自己的理想，过上了想要的生活，会是什么样子的呢？"

小薇："不晓得呀。"

我："你可以试着想一想，5年后的自己已经实现了理想，也许走进了婚姻。你住在哪里？做什么工作？什么都可以想想。"

小薇："住在一套不大不小的房子里，两室三室都行，屋内布置得很温馨。穿着自己喜欢的衣服，无须名贵。开着一个普通的车，10万元到20万元就行。有一个健康的宝宝。还做着现在的这份工作。"

我："男孩还是女孩呢？"

小薇："男孩女孩都喜欢。"

我："如果5年后那个实现了自己理想的你住在一个温馨的房子里，穿着自己喜欢的衣服，开着一辆车，有一个健康的宝宝，还做着现在的这份工作，会对现在失恋的你说些什么呢？"

小薇愣了一下，干脆地说："往前走。"说完这句话，小薇笑了。

我也笑了："是啊，往前走！"

小薇也重复了一遍："往前走！"

小薇说喜欢和我聊天，总能给她启发，让她思考。听了这话，我心里还是美滋滋的，不禁想起叙事护理的"关爱友朋"，真是所言不虚呢。

作者：胡小吉

工作单位：襄阳职业技术学院附属医院护理部

## 相信自己准能行

周末的下午,君君(化名)给我发了一条微信,大概内容是工作压力很大,字里行间流露出她压抑的情绪。

我一边安抚她,一边想着第二天一定要找个时间和她聊一聊。

我:"君君,你能和我具体说说工作中遇到哪些麻烦吗?"

君君情绪低落地说:"护士长,是我的问题。"

我把她拉到一旁坐下:"是因为别人说了一些话吗?"

君君:"不是,是我自己觉得胜任不了工作。"

我:"你觉得工作中处理事情的方式是对还是错?"

君君委屈地说:"我觉得没错,万一出了事故那就是我错了。"

我:"嗯,你严格执行核心制度,坚持是对的,是很难得的底气。你觉得现在最难的是什么问题啊?"

君君沉思了一会儿说:"是压力,工作中我从来没有感觉到的压力。"

我:"现在这个压力给你带来哪些影响?"

君君:"压力让我越想把事情做好,越做不好。比如说操作考试,我明明练了很多遍,可是一到考试的时候,我就记不住、考不好。"

我:"经过考试,给你带来了哪些好的影响?"

君君："操作考试我逼着自己去练习，肯定是有收获的。但是这个压力已经影响到我的生活，一到上夜班时，我就紧张，睡不着。"

我："这确实是很苦恼的事情，为什么睡不着啊？"

君君："我怕晚上出事情啊，怕患者病情加重了，当护士是有责任的。"

我："嗯，每个人都希望自己值班时所有的病人都能平平安安的。"

君君回忆起上夜班的事情："上次收了一个脑出血患者，接班时患者还能说话，回头等我巡视病房时，发现她点头呼吸。我怕家属接受不了病情变化，安慰了家属。后来医生跟家属交代病情，家属也理解。"

我："上班能够及时发现病情变化，及时告诉医生，也跟家属进行了心理建设，你做了很多事情啊。"

君君说："是啊，下班后觉得心里很踏实，该做的都做了，没什么遗憾的。"

我："这样看来，压力有时候还会给你带来什么感受？"

君君："让我工作更认真、不敢马虎、很踏实。"

我："嗯，你看，压力在你那里也不一定都是坏事啊。"

君君："熬到晨会交班时也是我很害怕的事情，恨不得一分钟读完所有交班。"

我："交班前，多做几个深呼吸，可能会好一些。"

君君："嗯，护士长，跟您聊聊天，放松不少。"

我："那就好，看来你已经会自我调节了。"

后来，工作中时不时听到患者家属跟我表扬君君工作负责。我知道她的压力一直都在，但是她化压力为动力，踏实地、默默地、一步一个脚印地努力工作。

作为科室的管理者，学习叙事护理让我更好地挖掘到每位护士的闪光点。于己，于人，都多了一双发现美好的眼睛。

相信我们自己，准能行！

作者：田丽

工作单位：湖北省第三人民医院阳逻院区神经外科胸外科

## 被改写的护士职业生涯

我和 M 老师的缘分从多年前就开始了。那时,年轻的我刚调到新的科室,M 老师是科里的高年资老师。

随着医院的不断发展,我担任了新病区的护士长,与 M 老师在同一个病区,我们有了更多接触的机会。有一天,M 老师不无遗憾地说:"某某老师比我还年轻,马上就要晋升副主任护师了,真是后生可畏呀。"

我鼓励她说:"M 老师,您也可以啊。现在开始准备水平能力测试,明年就可以参加考试。"

她不太自信地说:"我好多年没看书了,还行吗?"

"当然可以,您年轻的时候还拿过'技术标兵',基础好。"M 老师听了我的话,若有所思。

过了几天,M 老师告诉我:"好像知识一复习就能回忆起来,可是我好多年没写文章了,发表文章好难呀。"

我说:"没事没事,您的文章到时候我们俩一起看看,您要相信自己不比别人差。"

M 老师说:"护士长,我来努力试试,不管能不能成,都谢谢你的鼓励。"

从那以后,M 老师下了班就抱着厚厚的专科教材研读。功夫不负有心人，她顺利通过了理论考试，有了信心的她又开始啃"论文"这块硬骨头。从最开始经验总结、典型个案，到后来随机分组、数据对照，她研究得津津有味。有时杂志社退稿了，我就激励她说："不怕，看看我的退稿单，比您的可厚多了。"就这样，到发表第一篇正规期刊论文，M老师整整努力了4年时间，终于有了一些积累，拿到晋升副高职称的入场券。

职称晋升报名的前夕，M老师对我说："护士长，现在晋升还要演讲，好难啊。"

我说："您把自己的职业生涯做个小结，写篇演讲稿，我们一起看看。"后来，M老师作为资深主管护师，在竞争者中名列前茅，拿到了梦寐以求的高级职称证书。

"护士长，我要特别感谢你的知遇之恩。以前我都不敢想职称晋升的事，现在居然实现了。那时候忙家务忙上班，哪里敢想晋升哟。"

"这都是您自身努力的结果啊。"我也由衷地为M老师感到高兴。

从那以后，M老师工作更带劲了。她经常加班加点，大家对她的评价也很好。她常常说，是我的鼓励和帮助，改写了她的职业生涯。

M老师退休的时候，我们科室开了欢送会，请她回顾了自己的护士职业生涯。我们送给她一个杯子，上面有她的工作照，还有我们科室的合影。这不仅是一个杯子，还意味这"一辈子"的同事情谊。我也希望自己在以后的工作中能激发更多护士的潜能。

作者：王平

工作单位：湖北省荆州市中心医院肝胆胰脾外科二病区护士长

## 我的妈妈是"奥特曼"

睿豪，今年10岁，上小学四年级，是我们科室护士长的儿子。一天，我下班路过医院附近的学校时，看见他坐在学校门口的花坛上，双手托住双腮在唉声叹气、愁眉苦脸。我轻轻地问他："睿豪，你放学了？"他"嗯"了一声。我心想，这小朋友肯定有心事。

我说："睿豪，放学了，怎么没见家人来接你？"

他并没有回答我，一言不发坐在花坛边上玩橡皮。

看到他这样，我非常无奈地说："平常的调皮鬼，今天怎么可以安静地坐着，你是在等妈妈来接你吗？"

他小声嘀咕着说："我妈，我妈，又是我妈，我怎么有这样冷酷的妈妈……"

我说："什么？你让我打电话给你妈妈？"

他看我拿出手机，突然抓住我的手："阿姨，我、我、我没说我妈。"

孩子有时候真的很天真，我偷偷笑了笑，觉得机会来了。我坐到他身边："睿豪，你平时最喜欢什么动画片？"

他说："我喜欢看《奥特曼》。"看他提起奥特曼兴致勃勃，眼睛里充满了兴奋的光芒。

我说:"我也喜欢奥特曼,觉得它们都特别厉害,消灭怪兽,维护正义。我特别喜欢奥特之母雷欧奥特曼,她会保护她的孩子们,不让他们受到怪兽欺负。睿豪,你最喜欢哪个奥特曼?"

他兴奋地说:"我喜欢阿斯特拉奥特曼,因为他的激光枪特别厉害。"

我说:"睿豪,你也很优秀。我经常听你妈妈告诉我们,你是小班长,还是升旗手。你在学校那么优秀,老师、同学都喜欢你,你为什么还是闷闷不乐呢?"

他说:"因为我妈妈。不喜欢我,她就像冷酷的怪兽'哥莫拉'。"

我说:"你是从什么时候开始认为你妈妈是冷酷的怪兽'哥莫拉'?"

他说:"最近妈妈工作忙,她每天都在医院。我和弟弟学校放假,在家哪里也去不了。我每天最期待的事情就是等妈妈下班,可我一个月也没见到妈妈。这次开家长会,我妈妈都答应我参加了,可家长会都结束了她还是没去,她真的就是冷酷的'哥莫拉'。"

我说:"这个冷酷的怪兽'哥莫拉'妈妈,给你带来什么影响?"

他说:"我开始讨厌她,既不想和她说话,也不想好好学习,干什么事情都想跟她反着干,就想惹她生气,以至于我这次考试成绩后退了20多名。可她还是不关心我,不去开家长会。"

我说:"你以前学习怎么样?"

他说:"我以前学习在班里都是前3名,每次都有奖状。我还是我们班的小班长,老师说我以后肯定会有出息。"

我说:"睿豪你真棒,我读书就不如你厉害。"

他说:"唉!那都是以前了,现在我是老师眼中的'差生',爸爸妈妈眼中叛逆的'坏孩子'。"

我说:"睿豪,你知道什么是天使吗?"

他说:"我看过动画片里的天使,都很美丽、爱笑、有魔法,帮助需要帮助的人。"

我说:"其实你的妈妈就是天使。"

他说:"我的妈妈是天使?怎么可能?"

我说:"我手机里有张你妈妈的照片,你看,你还能认出这是你妈妈吗?"

他说:"能!"

我说:"睿豪,我帮你分析分析这个冷酷的怪兽'哥莫拉'。你妈妈是一名护士长,科室里70多位患者,上班前、下班前都要查看一遍病房,问问患者治疗的情况。有特殊情况的患者,她更要过问,要保证他们的安全。在患者眼里,你妈妈就是天使。这次你妈妈是准备去学校开家长会的,可重症监护室突然来了一个需要抢救的重患者,你妈妈只能去抢救患者。就像老师关爱你们一样,怕你们受伤,怕你们学不到知识。再说,天底下哪有妈妈不爱自己的孩子呢。"

他一下子解开了心结:"哦,阿姨,听你这样说,原来我、我、我一直误会我的妈妈了。我记得上次我过10岁生日,我妈妈告诉我,她最爱的人是我和弟弟。她工作忙碌,让我要像一个大哥哥一样,保护弟弟。我还记得我的生日愿望是像妈妈一样当一名医务工作者,去救助更多需要帮助的人。我的妈妈不是冷酷的怪兽'哥莫拉',她是勇敢的'奥特曼'。"

我说:"阿姨相信你,你一直都很优秀,是让爸爸妈妈骄傲的好孩子,是弟弟学习的好榜样。"

说完这些话,他突然开心地笑了。孩子的笑容,就像盛开的花朵一样……

过了几天,听到护士长告诉我们,睿豪像突然长大了。每天她回家,睿豪就会把拖鞋、热水递给她,给她一个拥抱,说一声妈妈辛苦了。还会主动告诉她,这一天在学校发生的事情,会像大哥哥一样帮助弟弟。护士长还告诉我们,她真的很幸福。正是因为儿子听话、懂事,她工作起来才能那么安心。

看到睿豪的进步与成长,我的内心无比高兴。叙事护理真正的魅力在于它像一阵春风,疗愈患者,亲密家人,关爱友朋,绽放出我们光彩的人生。

作者:史岩

工作单位:河南省永城市中心医院

## 希望生病的不是孩子

下班我走进更衣室,打开柜子拿出手机,竟然有朋友琴(化名)的10个未接电话,我赶紧回拨过去。我说:"琴,不好意思啊,才看到你给我打了这么多电话。有什么事情吗?"

"我家孩子病了,我就打电话问问你,你忙就算了吧。"语气中明显地感受到她生气了。

我连忙说:"上班的时候手机都放柜子里。孩子现在怎样啊?"

琴有气没力地说:"已经住院了,就在你们医院。"

我立即赶到琴的孩子所在病区,推开病房的门,看到孩子坐在床上开心地玩着新玩具,我悬着的心放下了一半。一脸憔悴的琴正注视着孩子,我心生歉意。我拉着琴的手说:"琴,我下班了,有事情可以打电话给我。"

琴没有看我,小声回了一句:"我知道。可是我这心里还是七上八下的。"

我:"你可以用一个词语形容你现在的心情吗?"

琴望着我,手摸着自己的胸口说:"难受。"

我:"这个难受从什么时候开始的呢?"

琴:"孩子生病,我这心里就难受,不知道怎么办。真希望生病的人是我，不是孩子。"

　　我："是孩子生病了让你难受，还是你帮不上忙难受呢？"

　　琴："都有吧。"

　　我："换作你生病会怎样呢？"

　　琴："至少孩子不用难受了。"

　　我："还有呢？"

　　琴："我不能去上班，不能送孩子上学，也不能接孩子放学。老公要上班，要照顾我，还要照顾孩子，估计忙得连饭都没时间做，衣服也没人洗，家里卫生也没人搞。"

　　我："看来平时家里和孩子的事情都是你分担多一些，没有你还真不行呢。那你还要生病吗？"

　　"呸呸呸，我不要生病，我可不能生病。"开朗的琴回来了。

　　我："你觉得现在该怎么做呢？"

　　琴笑着说："我不能愁眉苦脸了。孩子生病了，本来就难受，我再难受，孩子看见了，只会更加难受。"

　　我："你笑了，孩子也会笑的，病就好得快。"

　　琴："现在好像没有那么难受了。"

　　我："琴，今天实在不好意思。"

　　琴："我知道你上班忙，可是看着孩子难受，我一下不知道怎么办，就不受控制地给你打了那么多电话，打扰你了。我平时可不是这样的。"

　　我："琴，你平时是怎样的呢？"

　　琴一脸骄傲地说："我，你还不知道吗，单位项目负责人。同事有什么搞不定的案子都找我商量，让我帮他们分析原因，找到突破口，逐一慢慢破解。过程虽然艰辛，可最后都能顺利解决。"

我："厉害啊！你是怎么找到突破口的呢？"

琴有点不好意思地说："其实没什么啦，遇到事情先冷静下来，不要慌，多听取大家的意见和前辈的经验，好好分析，再自己摸索，问题总能解决的。"

我："这次孩子生病，我们能不能也当成一个案子呢？"

琴："哈哈，我知道了，要好好配合医生护士，有问题不懂的、不明白的就问医生护士。"

我："亲爱的，这才是原来的你啊！"

琴轻轻地抱了抱我，俏皮地说："下次有事还是会 call 你的。"


作者：魏妮

工作单位：湖北省武汉儿童医院重症医学科

# 初入职场

## 破茧成蝶

听到同事说缝合包差一把镊子,我沮丧地拿起火钳翻垃圾桶,那一刻积压许久的情绪瞬间爆发,眼泪潸然而下。

晚上,当我躺在床上再次回忆起这件事情,还是忍不住偷偷抹眼泪,陷入新一轮的思想挣扎。突然,回想起晨会上护士长经常灌输我们叙事护理的精神和理念,我可以通过叙事护理实现自我疗愈吗?

我:"能和我说说最近工作上遇到的困惑吗?"

内心:"作为新职工,初入职场感觉周围所有人都在关注我的言行举止,稍有不足,很快会成为被议论的对象。我对工作充满焦虑,对自己没有信心。"

我:"如果用一个词怎么形容目前上班的状态?"

内心:"当然是'受气包'。参加工作后,承受来自不同层面的责难和压力。"

我:"能和我聊一聊这个'受气包'对你产生了哪些影响吗?"

内心:"我每天不能准时下班,经常利用休息时间加班,找不到认同感。我怀疑自己不能胜任这份工作。每当我想放弃,回到家却看到父母满眼的期待。"

我："我能理解你现在的处境。还能聊一聊这个'受气包'带来的其他影响吗？"

内心："我从小有个白衣天使的梦想，高考结束后，我怀着满腔热血选择了护理专业。正是因为儿时的梦想，所以，当这个'受气包'遇到各种麻烦事，我会尽全力解决，向同事们请教，一来二往大家感情变得熟络，并且我也从中受益匪浅。"

我："你很棒，不难看出你是一个愿意追梦、热爱护理工作的人。你想好怎样去改变这个'受气包'了吗？"

内心："前不久，我顺利通过护师考试，同时取得院内三基理论考试第一名的成绩，很荣幸受到护理部老师的邀请，分享个人学习心得，同事们投来赞许的目光。那一刻，我嘴角上扬，露出了久违的微笑。与护士长偶然间的一次对话中，她提到了对我工作的肯定，交代的事情能很好地完成。我的泪水不由自主地在眼眶里打转，工作中的委屈瞬间烟消云散，一切都值得。是的，我现在每一天都充满期待。"

当我把自己叙述了一次以后，我对这个"受气包"有了全新的认识，开始正确认识这个"受气包"带来的困惑。我开始梳理每天的工作重点，保质保量完成工作……

作为一名新入职的护士，职场之路会有曲折，但也充满希望。带着叙事的精神和理念，引领我保持自信的精神状态。感恩叙事护理让我重拾自信，破茧成蝶。

作者：李凌玲

工作单位：重庆大学附属三峡医院肾病学科

## 允许迷茫在生活中进进出出

5月的一天,我在腾讯会议给学生们上课,突然发现学霸小业(化名)居然没到课,她无故旷课这事有些反常。课后,我与她微信私聊,这也是我第一次在实践中运用叙事。

"今天直播课上怎么没见到你?"我问。

小业:"老师,我最近心情很糟糕,早上爸妈跟我谈心,没看手机,耽误了上课。"

我:"小业,你是遇到什么事了?"

小业:"嗯,感觉自己很像一句话——清醒地看着自己沉沦。老师,我好像过度规划未来了。"

我:"什么时候开始的?你在老师心目中一直是非常优秀的。"

小业:"大概去年10月吧,记不太清了。"

"当时遇到什么事了吗?"我追问。

小业:"可能是准备考研了吧,突然觉得自己荒废了大学时光。"

我:"以前遇到过这种情况吗?"

小业:"以前?好像遇到过。"

我:"当时你是如何度过那些日子的呢?"

小业:"高中的时候,就是学习、吃饭、睡觉,想着等上了大学再规划未来发展。"

我:"当时与现在遇到的事情有什么不同吗?老师觉得你长大了,开始规划人生和职业了,这非常好。"

小业:"以前的事随着高考都结束了。现在的事,是从上大学以来到以后的,我现在规划觉得有些晚了。"

我:"在老师眼里,很多同学在这个超长假期尽情享受着追剧、打游戏的快乐,而你在自省、自查,逐渐明晰自己的人生目标。"

小业:"明晰人生目标的过程好难呀,我都想尝试,但只有一个我。"

我:"如果用一个词来描述你现在的状态会是什么?"

小业:"迷茫吧。看似很多条路,但都不确定。"

我:"这个迷茫什么时候来到你身边的?"

小业:"大学前两年事儿多,分散了我的注意力,也没急着规划。今年大三,我开始想以后的事儿了,经常一个人发呆,不开心。"

我:"我们站在当下,比较高考前和现在的迷茫有什么不同?"

小业:"老师,我复读过一年。复读期间,被人讽刺、看不起,顶着巨大的压力,那时候迷茫在于考出什么成绩,似乎更简单。现在考虑的是未来,这个假期我过得并不轻松。复读一年,让我比别人大一岁,以后的日子好像更经不起试错。"

我:"当时你是怎么过来的?"

小业:"当时没想啥,就老实复习做题。随着知识储备的增加,把握就更大了,高考是当时唯一的压力。"

我:"迷茫好像也带给你了一些好处?"

小业:"谢谢老师的提醒。我好像也看到了迷茫带给我的好处,让我比同学看得远一些。我想以后我会试着和它共处,允许迷茫在生活中进进出出。说来惭愧,我也没规划出什么。老师,我会加油!"

我:"我们一起加油!你可从来都是大家难以企及的巅峰啊!老师看好你哦。"

作者:刘玲

工作单位:天津医科大学护理学院内外科护理学教研室

## 潜心育人 静待花开

不久前，科室里来了一位实习护生，名字叫小泽（化名）。第一天上班结束后，小泽的带教老师向我反映，他好像害怕尝试侵入性操作，比如静脉输液等。

第二天，我在治疗室看到小泽，我走过去问道："小泽，是有什么不舒服吗？"

小泽抬头看了我一眼，淡漠地回答："没什么。"

我说："和我一起去完成一项护理操作吧，刚好还有个病人的肌内注射没有完成。"

小泽："我不想去。"说完低头玩起了手里的笔。

这时病房呼叫铃响了，我只好去继续我的工作。

一周的时间很快过去了，小泽每天会协助带教老师为患者进行入出院宣教、铺床、生命体征测量等。作为一名带教组长，我在想怎么能帮到小泽。我了解到他从小在单亲家庭里长大，大部分时间是和奶奶生活在一起，和奶奶感情很好。

第二天，我关心地问小泽："你在我们科室也实习一周了，感觉怎么样？"

小泽："很好呀。"

我说："听你的带教老师反馈，你还是不太愿意进行侵入性操作，可以告诉我什么原因吗？"

小泽："就是不想，我觉得我现在这样挺好的。"

我说："小泽，你毕业以后会选择当一名护士吗？"

小泽迷茫地看着我："不知道，没想过。"

我说："小泽，听说你和你奶奶感情很好，是吗？"

小泽腼腆一笑："是的。奶奶对我很好，我从小是在奶奶家长大的。"

我说："你选择护理行业是你自己意愿还是奶奶的想法呀？"

小泽："都有吧。奶奶想我有个稳定的工作，我想为奶奶做点事，长大能照顾她。"

我说："找到稳定的工作的同时又能照顾奶奶，说明这对你很重要。你在实习的时候，如果好好练习各类操作，包括打点滴、注射等，是不是将来就能在医院的招聘考试中胜出？同时也能更好地照顾奶奶。"

小泽："我行吗？我有点儿害怕。"

我说："害怕给你的工作带来了哪些影响？"

小泽："不敢做一些护理操作。"

我说："听你的带教老师说，除了侵入性操作，你其他操作都做得不错。"

小泽说："那些操作比较简单。"

我说："那些操作好像也并不简单，你是怎么做到的呢？"

小泽："已经会做的操作，对我来说就是简单。老师说的侵入性操作，我以后也会慢慢练习，克服害怕心理。"

从那天以后，小泽跟着带教老师开始尝试为患者进行侵入性操作。每周我都会与他沟通，让他跟我分享自己的所学、所获。一个月后，到了出科操作考试的日子，小泽虽然操作有点儿生硬，但却是所有考生中用物准备最认真、操作流程最完整的。考试结束后，我当着所有实习护生的面表扬了小泽。出科那天，我收到了小泽的信息："老师，谢谢您给予我的鼓励与支持。"最近，我又一次见到了小泽，他已经成为我们医院招录的规培护生。

叙事护理就是回归医学本身，以情说话、带情倾听。感谢叙事护理让我成为有温度的带教老师。

作者：肖媛

工作单位：重庆大学附属涪陵医院全科医学科

## 圆圆的心事

圆圆（化名）是我科的一名实习护士，我们科是她实习的最后一个科室，实习结束后就要去签约的医院上班了。和圆圆相处的这段时间，我感觉她不太爱说话。

圆圆实习的最后一天，我俩在科室吃饭的时候，我问她："实习期间，每次都是老师讲，你来听。你马上就要参加工作了，有什么想说的话，或者想问老师的话，尽管讲出来。"

她说："老师，我担心我干不好护理工作。"

我问："你可以形容一下现在的状态？"

她说："没有信心，我感觉自己什么事也干不好。"

我问："你学习好吗？"

她说："我平时学习就很一般，成绩并不好，但同学们还是选我当了学习委员。"

我说："同学们选你做学习委员说明什么？"

她说："同学们可能觉得我好相处。"

我又问："与同学友好相处这不是容易做到的事情。你说作为学习委员的自己成绩并不好，说明成绩好对你来说很重要，那你有没有成绩好一些的时候?"

她说:"有过,曾经高中考生物化学的时候,当时我害怕考不过,我就从晚上学到凌晨3点,当时同寝室的同学还嫌我影响她们休息。可是我后来生物化学考试都过了。"

我说:"生物化学很难考,你通过努力学习,取得了好成绩,顺利通过了考试。通过这次考试,你对自己有什么不同的看法?"

她说:"成绩出来后我也很高兴,觉得只要下功夫学习,我也能取得好的成绩。"

我接着问:"你刚才说自己什么事也干不好,能再具体说说吗?"

她说,"就是给病人打针,我担心我扎不准。"

我说:"老师也曾经当过实习生,你的所有想法和担心我都有过。"

她说:"我有一次给病人打针的时候,没有打上,病人很不高兴,当时我就很害怕,后来还是老师打上的。但是我也有打上针的时候,可能我还是对自己没有信心。"

我说:"与你那个生物化学考试一样,信心是慢慢建立起来的,等你在临床下足功夫,你自己可能就有新的体会了。"

她说:"我也觉得是这样的。将来我要好好地练习打针技术,相信自己能做好的。今天通过跟老师的谈话,我感觉心情轻松了许多。"

后来,圆圆在微信里跟我说:"在实习中能遇到您这样理解我帮助我的老师,内心挺感动的。老师您让我相信,我会通过不断地努力变得更好,有信心做得更好。"

通过学习叙事护理,能够让我的学生打开心扉,和老师聊聊心里话,说出内心的担心和迷茫,这对她未来的工作是有帮助的。相信未来她会越走越好,成为一名优秀的护士。

作者:寇晓会

工作单位:西安交通大学第二附属医院耳鼻咽喉头颈外科病院

## 滴水藏海方显人文关怀

2019年9月，我校招收了第一届助产学专业本科生。为了帮助这批助产学生建立专业自信，我把标准化病人（SP）带到他们身边。

第一次上课的时候，我安排了大三年级护理学专业的小钟（化名）来到我的课堂。小钟是我培训的SP团队中最出色的一个，课上他经常被同学们戏称为"影帝"。作为SP团队中最积极开朗且愿意分享体验的一位"模拟病人"，他今天的表现也没有让人失望。一身略显土气的老年装和深色欧式帽吸引了所有助产学生的目光。在清晰地认识到自己不再是主角的时候，我果断地摘下耳麦递给小钟。只见他熟练地进入角色，微微弓背，步履蹒跚地走到床边，缓慢坐下。今天，他要扮演一个中度心衰的患者，无法平躺。

在我请学生们选出一名主要发问人时，他们都低下了头。最后，我随机抽取了两名学生承担起主要问诊者的任务，由其他学生补充提问。这时，学生们才慢慢靠近病床形成了三层"包围圈"，对小钟的问诊持续了大约15分钟。作为一名心衰患者，他将身体上的虚弱、内心的焦虑、经济上的困难、对家庭的担忧以及对疾病的无能为力表现得十分到位，"局外人"的我已经感受到了部分学生的共情心理。这期间，小钟多次咳嗽并伴有虚弱的喘息。尽管上课前我反复强调这是一位很虚弱的"患者"，但学生们似乎不为所动。

中间有一次我忍不住提示："患者现在很虚弱。"

短暂的几秒过后，学生们只是略微停顿后继续问诊。

看着小钟手臂倚靠着床头，慢慢喘息着，而学生们依旧一个接一个地问着问题。我意识到他们并没有真正理解我的意思，在患者极度难受的情况下，课堂上反复提到的人文关怀似乎被抛在脑后了，学生们只记得："我要问诊，我要获取更多的信息。"

在问诊结束后，我问其中一位女学生："能简单描述一下你看到患者的真实情况吗？"

她说："我觉得他很难受，有焦虑不安的情绪，对治疗不抱有任何希望。"

我说："你感觉他回答你的问题时是否顺畅？"

她说："他回答得十分费力。"犹豫了一下，她继续说："感觉他每次回答前都有停顿。"

我问："你觉得让他费力和停顿的原因是什么？是在思考吗？"

她说："我觉得不是思考，是他在喘，上不来气的那种感觉。"

我问："你曾见到过这样的患者吗？比如说在电视剧里或真实生活中？"

她说："在电视剧里见过的。"

我说："你能试着一边深呼吸做喘息状，一边回答我的问题吗？"

她说："可以。"

接下来，我把这位同学当作患者，按照问诊的顺序开始问诊。大约过了2分钟,她说:"老师,我坚持不下去了。"

我说:"哪里不舒服吗?"

她说:"感觉很累,很疲惫。特别是一边回答问题,一边喘,感觉很难受。"

我说:"能想象一个相似的场景吗?"

她考虑一下说:"像溺水了,浮浮沉沉的,偶尔能吸上一点点空气。"

我问:"你觉得这时最需要的是什么?"

她说:"休息一下,缓一会儿就好了。"

我说:"你想想刚才的那位患者,你觉得大家围着圈不停地问他时,他会怎么样?"

她停顿了下来说:"他应该很不舒服,本来就气喘、头晕还没力气,我们问了他20分钟。他开始的时候还能自己说一些事情,后来就我们问什么,他答什么,不愿意多说一句话。他可能觉得我们不关心他。"

我问小钟:"你觉得自己像溺水者吗?"

小钟说:"有点像,迫切需要休息一下,缓口气。我觉得他们太紧张了,就想问更多的信息却忽视了患者的反应。我如果是患者,回答会很辛苦。因为我呼吸困难,但是他们并没有看到,而是越来越快地问更多问题,问诊很全面,但是人文关怀不到位。"

我继续问:"如果你是患者,你当时的想法是什么?"

小钟说:"我会烦躁,因为感觉跟不上他们的速度。"

我问小钟:"你希望学生怎么做?"

小钟说:"我希望他们能停一下,给我喘口气的机会。或者问问我,需不需要帮我调整一下枕头。如果是这样,我觉得就够了。"

在和学生们讨论时，我说："人文关怀说起来大家都懂，但是很容易被忽视。大家都觉得很容易做到，却不知道把人文关怀贯穿于整个护理过程是有难度的。俗话说，'滴水藏海'也是这个道理。如何让一滴水永不枯竭，最好的办法就是把它放到海里。时时刻刻的人文关怀，点点滴滴的换位思考，站在患者角度体验真实情感，努力为患者创造一个安全、温暖的氛围，使患者感到自己受尊重、被理解、被接纳，获得一种自我价值感，这是人文关怀的最终目的。"

叙事护理强调的是一种态度，是以一种尊重、谦卑、好奇的态度来面对生命。不管是人文关怀还是叙事护理，其前提条件都是尊重，即用最大的善意和爱意去理解包容他人，最大限度地激发人的潜能，唤醒人内心深处最柔软的情感。叙事护理是实现人文关怀最好的抓手。专业授课教师将叙事护理精神应用在人文关怀的教学中，可以最大限度地满足学生对人文护理的学习需求，让学生真正理解人文关怀的内涵，方可达到"立德树人"的育人目标。


作者：敖博

工作单位：云南大学旅游文化学院医学院护理学教研室

# 更好的自己

本篇作者：黄 菊
工作单位：南京市妇幼保健院

## 从心出发

某日，李春老师开始了叙事护理的第一次线上案例督导，虽然工作了一天的我身体有些疲惫，但下班后回想上的叙事护理课，心里并不觉得累。

第一次被督导老师的大爱感动了，我对她有种似曾相识的感觉。她在繁忙的工作中关心着每一位实习护士，为护理事业做了许多并不一定被看见的奉献。

有部分护士在实习后，却离开了自己所学的领域。因为很少有护士前辈会为困惑中的实习护士做心理疏导。也许，忙于工作中的护士前辈都太难了，可能忙到连自己的心理都照顾不了。

回想20世纪90年代，看到许多优秀的护士老师一个个暂时或永久地离开护理队伍，我也曾茫然，找不到前进的方向。

当时，护士长竞聘上岗，我不太紧张地准备着理论、操作、面试和无记名测试，心想当护士长也没什么认同感和成就感，续聘或不续聘都无所谓。

没想到的是，那次竞聘我得了第一名。后来我才知道，我的操作居然得到了高分。在面对一个腹泻需要输液的病人时，我对她说："我扶您上个厕所再输液吧。"其实操作时我并没多想，只是感觉腹泻的她更需要我的帮助。而在当时，实际工作中还没开展优质护理服务。

竞聘后不久，我被组织安排去从事行政管理。对于护理岗位，我不是主动离开的，内心还是有些不舍。

在行政部门工作6年后，我似乎能看到未来升职，但它并不是我向往的最终目标。于是，我开始接触心理咨询，并配合常州电台一位节目主持人建立了心理论坛。

2008年，我离开了原来工作18年的医院。来到新的医院后，在业余时间，我继续学习心理咨询。有人说学心理咨询是为了疗愈自己，而我学心理咨询，是为了帮助自己和护士同行。

转眼，10多年过去了，偶然的一次，我在朋友圈看到了李春老师写的关于叙事护理的文章。我很惊喜，原来您就在这里，我终于找到您了。在之前学习心理咨询时，我对叙事疗法比较感兴趣，当看到叙事与自己的护理专业相结合时，内心十分激动。感谢李春老师，感谢叙事护理！

如果有缘，终会遇见。

女儿以前催我开微信公众号，我一直没动笔。最近在学职业生涯课程时，测试我的天赋和爱好，发现写作是我理清思路和归纳想法的最佳途径。于是，就有了我公众号的第一篇文章。

## 在网海里学习和浸泡

李春老师的叙事生涯课程已经结束,我开始行动,准备在自己的公众号上坚持写文章。

女儿小的时候,我没催她学习啊。今天她却在催我,你的公众号要写文章啦!幸亏是我自己想开公众号,不然,每日劳累的我得多反感写文章啊。

上周末两天宝贵的休息时间,我全部奉献给了叙事护理初级培训班。虽然只有两天,但我也再次体验到了叙事护理之美。

第一天培训刚开始,李春老师让我们利用一分钟的时间增强在场感,观察窗外的大环境、屋内的小环境和自我的状态,然后互相分享。课程中,看似复杂的案例,都被李老师妥妥地给叙好了。

每天下午开始培训前,班主任杨琪老师都会带领我们冥想,让我们带着平静的心投入学习中。

培训时,护士老师们对自己画的时间线非常感兴趣。在纸上画一条线,线的上面画正向的事件,线的下面画负向的事件。时间线是对自身的梳理,不梳理不知道,一梳理可能会吓一跳。原来我眼中的负向事件,如今看来,已经具有了正向的意义。

我们小组的 5 位护士分别来自 5 个省份，都喜爱叙事护理。茫茫网海，能够相遇在同一小组，得是多大的缘分啊。

细细想来，下班后，我的业余时间大多是与护士们在一起的。

记得 2008 年，我又回到做护士的状态。每次进入中国护士论坛，我总是第一时间去护理管理版块发言。当有一天，我觉察到了：怎么总是在护理管理版块发言啊，自己也偷着笑了。后来，可能因为我敢发言，还当了版主。

有了微信以后，我建了个医院护士微信群，群里目前近 500 人。我会经常发些心灵鸡汤到群里。同事们也很给力，哪个护士遇到什么问题，总有热心的同事帮忙解答。护士们大多时候是在奉献，当自己需要求助的时候，能有个认识或者不认识的同事回复自己，会有被暖到的感觉。

去年，我建了一个全国各地的护士心理成长群，邀请心理专家姚杰老师在群里讲授为期一年的心理成长课程。护士们的获得感远远超出了预期，真的是在心灵的滋润中成长了。

"叙事护理有四种效果：疗愈患者、关爱友朋、亲密家人和遇见自己。"

我最关注的是遇见自己这个部分，希望通过遇见自己，去丰富前面的 3 个部分。我虽不在临床工作，但是，我如果能通过自己的所学，去疗愈困惑中的护士，也是一件很有意义的工作。

叙事护理就是"学进去、用出来、活成为"的过程，愿我们经过叙事护理和其他成长课程的学习和浸泡，成为更好的自己。

## 与 AI 同行

对 AI 相关知识的接触开始于 2016 年。记得有一次，为了参加一位心理专家的课程，周五下班后，我拉着行李箱去火车站，晚上睡卧铺，早上到北京正好天亮，吃完早饭后直奔目的地。

这学习劲儿现在想起来，还蛮佩服曾经的自己。通过当年的学习，我感觉自己的神经回路好像有一丝改变。

专家最震惊我的一句话是：以后的心理咨询可能会被人工智能所取代。

那时候，刚拿到心理咨询师证不久的我就在想：如果机器人把所有咨询取向的理论、所有心理专家的咨询对话给学习完，是不是就接近或取代心理咨询了？

如果来访者没有时间和金钱去咨询，是不是在家上网就可以把自己的心理理顺？

这样的话，人们就不用去心理咨询了，是不是也有点验证了这句话：以后的心理咨询可能会被人工智能所取代。

近年来，我也一直在关心 AI，想知道它是否会取代心理咨询。

第一代人工智能的代表是阿尔法狗，它在围棋比赛中战胜了全世界最优秀的 36 位选手。

Chat GPT 不是现在才出现的，2020 年的 GPT-3 标志着人工智能进入了第二代，它有 1750 亿个数据节点，而我们人只有 860 亿个神经细胞，所以它可以理解自然语法。

现在 GPT-4 出来了，可以自我学习，学习速度是人的 1000 倍，能读懂图、听懂梗，自己编程来升级自己的程序，不需要找人请教。

最近，看到朋友在微信的宣传，于是我加入了一个 AI 问答体验群。

因为好奇，我向 AI 询问了很多问题。由于连续问问题，我自己都觉得有点不好意思了。还好，AI 无须休息，这一点我们人类是战胜不了的，我们需要休息。

在回答关于护士节的庆祝方式时，AI 说：有不少人提出护士节过于"形式化"，需要更多的创意和新意。它认为这个观点很有道理，每年都是相同的方式和内容庆祝，的确会让人感到乏味。

这段话，我认为很人性化、很接地气，感觉我在与一个懂护士的 AI 聊天。

在回答"有护士看不起自己职业"的问题时，AI 说：这是一个非常复杂的问题，涉及很多因素。有些人觉得这个职业地位低下、收入不高、社会地位不高等，此外，社会对某些职业的认知和评价也会影响个人对职业的看法。另外，有些人可能会对自己的工作感到压力和疲惫，无法得到足够的尊重和支持，从而产生负面的情绪和态度。此时，适当的心理和社会支持可能会帮助他们重新审视自己的职业，重新找回工作的动力和意义。总之，每个人对自己的职业都应该有自豪感和尊重，而不是因为外界的看法而贬低自己的价值。

看完这段话以后,我感觉它把复杂的问题说得很明白,同时也感觉到,与它聊天会改变我的认知,它好像一个能提供心理陪伴的AI。

就我比较关心的叙事护理的相关问题,AI的回答我也是认可的。

它说,在国内,叙事护理起步较晚,但近年来也得到了越来越多的关注。总的来说,叙事护理在国内外的发展趋势都是积极向上的,得到了广泛的关注和应用。

虽然AI的聊天水平已经超过了30%的人,但是我觉得,想要取代心理咨询师,目前不太容易实现。

咨询师的临在性AI是无法替代的。人与人的故事是有区别的,一人一世界,AI可能有安慰人的作用,但与咨询师相比,它没有针对性,只有普遍意义,咨询和治疗作用是无法达到的。它没有灵魂、没有创意,无法实时走心。

不管我们对AI有怎样的认知,它都将会成为我们工作中的好伙伴,它的发展是我们不可估量的。

我们是护士也好,是心理咨询师也好,只要对自己的发展做好规划,与时俱进,把危机变成机遇,就能与AI在合作中一路前行。

## 《可喜可贺的临终》读后感

最近几年，我跟着李春老师学叙事护理，知道了安宁疗护。后来，我关注了公众号"谐和安宁 Harmony Hospice"，并在网上加入了安宁传播种子群。

作为护士，我一直在关注着安宁疗护，偶尔也通过网络学习相关课程，想象着有一天能传播安宁理念。

在协和安宁10周年庆典总结之时，我参加了北京协和医院安宁缓和医疗组与华夏出版社共同推出的"百名安宁人共读"活动，承诺完整阅读《可喜可贺的临终》一书，并完成两个小作业。

这本书的作者是日本居家安宁疗护界泰斗小笠原博士，他为1500多位末期患者提供过居家安宁疗护照护服务，实现了患者"最后时光在家里度过"的愿望。在书中，他介绍了许多教科书级的安宁实操方法，叙述了46个在家临终的故事，可读性极强。

令我印象深刻的是，小笠原博士在书中写道，他在熟练掌握居家安宁疗护相关技巧之前，发生过好几起令他懊悔不已的案例。能面对不是很成功的案例，需要极大的勇气。

我在叙事护理公众号审稿的时候，会遇到有些家属不告诉患者真实病情的案例。对于这种情况，我不与作者进行审稿以外的沟通，觉得作者怎么处理是她的自由。读完《可喜可贺的临终》，我决定，以后与作者要加强这方面的沟通。

人这一生只能死一次，家属所认为的最好选择，对于患者而言，未必就是最佳的。没有面临过死亡的人不会懂得将死之人的心情。当一个人知道自己行将死去，在面对剩余的人生时，所做的每一项选择都是慎重的。

患者的知情很重要。以后在审核类似的稿件时，我会建议作者说服患者家属，告知患者实情，患者或许会选择自己喜欢的方式，得以平静地度过未来不多的日子。

医院是个让很多患者身心感到紧张的地方。我觉得护士们学习叙事护理后，对身患重疾的患者抽空进行了心理护理，让他们活在希望中，这种力量也提升了他们的生活质量，并将带来惊人的效果。

前些年，我的表妹和朋友的爸爸因为意外事件而突然离世，我们充满悲伤、无比遗憾。看完《可喜可贺的临终》，我觉得，选择接受居家安宁疗护，可以让剩下的日子充满温暖的笑脸。离世的患者能走得充满希望、心满意足，即使离别是伤感的，家人依旧可以笑着相送。这，真的是"可喜可贺的临终"。

生活中，我们也会听到这样的例子，患者剩下的时间已经不多了，却选择在化疗中痛苦挣扎，与其挑战自己无法战胜的对手，最后痛苦不堪地死去，还不如尽早转化心态，选择与疾病和谐共处。必须要放弃的时候，就要努力学会放弃。

我们的社会已经进入老龄化，直面和接触死亡，不应该只有部分专业人员关注，我们可以通过多宣传，发挥更多人的力量，建立区域内个体间的关爱纽带，合力去面对死亡的凝视。

　　任何人都不是孤立生存的，人生在世，我们必定要和某些人有所联系，彼此间共同合作。

　　整本书，年轻人的故事占比少，希望以后再版时能多写年轻人的故事，让更多人能关注可喜可贺的临终，因为，每个人的人生都有到达终点的时刻。

## 看《人生大事》想到的

在我没看电影《人生大事》前,同学建议要带毛巾去电影院。我认真听取了她的建议,但没带毛巾,多带了一包纸巾。后来纸巾我也没用上,直接用手擦干了脸上的泪水。

这部电影的题目我很喜欢,没有直接写生死。朱一龙是电影里我唯一认识的演员,随便怎么看都觉得他很帅。

在电影里,我看到了每一个人的不容易。认识死亡,要从娃娃抓起,我很感激莫三妹教会了小文如何面对亲人的突然离世。他教小文把去世的外婆转化为天上的星星,让她对外婆的思念有地方可以寄托,外婆永远不会消逝,永远活在她心里。

如何面对爱和死亡,是我们每个人都要经历的课题。

那年,当医生的表妹突然离世了。没有任何道别的离开,对于我们家属来说,这太突然了,也太痛苦了。

很长一段时间,我经常去看表妹的 QQ 空间和微信,还会在她的空间留几句话,好像她能看到一样。

现实生活中,我们经常回避生死这类话题,怕引起自己的焦虑和恐惧。如果平时不做功课、拒绝谈论,当我们真正要面对病痛、衰老甚至死亡的时候，就没那么淡定了。

其实，如果我们学会了面对死亡，也就学会了真实地活着。记得有个地方的墓碑上，会写死者的两个年龄，一个是生理年龄，另一个是自己认为真实活过的年龄，两者之间的差距一般会很大。或许，谈论死亡和真实地活着真的很不容易。

之前，我加入了一个以生死为主题的微信群，群里主要发布和获取与生死主题相关的活动和专业信息，为安宁疗护和生死教育贡献自己的力量。

有一次，群里的一位律师说，参加器官捐赠的志愿者还有一些程序要办好，否则百年后实现不了自己的愿望。

当时的我在想，10多年前自己办理过器官捐赠志愿登记卡，等退休了，要把剩下的手续办好，不能等我腿脚不利索了再去办，不能让自己多年的愿望在百年后落空。

我爸妈70多岁，以前他们谈过去的不易和快乐时，我会不耐烦地告诉他们，自己听很多遍了。

在我了解了安宁疗护后，发现爸妈对死亡是有恐惧的。因为在他们的周围，与他们有血缘的长辈越来越少，平时听到的也是谁谁谁身体不好或者离开了。

现在，当他们再说起过去的故事，特别是快乐的那部分时，我会悄悄录点音。等他们下次再讲的时候，我播放出来，共同回顾那些过往的记忆。

生命是有限的，但愿我们都能有质量地度过生命中的每一天。死亡也终会来临的，但愿我们能在道爱、道谢、道歉和道别的人生中慢慢学会正视它。

## 我开始恐老

2023年两会期间，经常看到各种养老方面的信息，我发现自己已经开始恐老：怎么陪父母养老？自己怎么养老？

2022年新冠疫情期间，我在医院的网络门诊帮我妈配了常用的口服药，快递到家。

我自认为，所有的服药流程对我妈来说太熟悉了，所以，当药物到手后，我并没有认真去核对。等我妈把家里的库存药服完，开始服用这批药物时，发现药物好像不对。

在我的觉察中，自己怕与人产生冲突，渴望人与人之间是和平无矛盾的。当年工作中需要接待投诉的时候，我感觉很浪费时间和精力，不喜欢。多年以后，当发现我妈的药物发错后，我却准备进行电话投诉，想搞清楚其中的原因。

一天，休息在家的我一大早就拨通了投诉电话，接电话的是一位女士。不出所料，接待投诉的老师非常有经验，没有一句多余的话。

之前，为了不浪费彼此的时间，我事先整理了一下我需要投诉的事项。

我表明来意后，很快说完了我的疑惑：我家老人常规吃某药，居然已经吃错了几天的药。我没搞懂，我网络问的诊，当时医嘱是正确的，机器人发药，人工核对，顺丰快递，怎么会发错N盒药，麻烦她帮我找找原因。我想不通这件事情，所以希望通过投诉来解开我的困惑。

电话打完以后，很快，我感觉到了院方的诚意和重视。

首先是那天的网络问诊医生主动给我打电话解释。我说与他无关，我投诉时就说了，医嘱是正确的。我跟这位医生道歉，感觉打扰到他的工作了。翻看当时的网络问诊，我还让他在疫情期间注意休息、不要劳累，他也表示了感谢。

不一会儿，当班药师又给我打来电话，经过药师诚恳的解释，我明白了他们出错的原因。是人都可能犯错，毕竟我们都不是机器人。

之后，我与我妈解释了同行们的不容易，她也表示理解。我也与她商量，以后所有药物到手后，我来负责再次核对。

我还没退休，没有大段的时间去陪伴爸妈。如果爸妈不给我添麻烦，那确实是好。但是，如果我照顾关心他们不到位，像这次服药错误一样，如果对我妈的身体造成伤害，我是无法原谅自己的。

在这次投诉的过程中，药师对服错药物后果的解释减轻了我对我妈身体的担忧，同时也让我想起了亲身目睹的一个投诉案例。

20世纪90年代初，一位骨科病人术后愈合的程度不能令他儿子满意，年轻时当过小领导的他被儿子用一张垫子和一条毯子裹着，放到我办公室的地上。

当时我想，暂时躺地上就躺地上吧，反正也很安全。哪知道，过了一会儿，他儿子居然打开我办公室的吊扇，同时把病人身上的毯子扔了，让病人在秋季享受着电扇风。

那一刻，被自己的儿子如此对待，病人会不会怀疑人生，我不知道。那一刻，反正我感觉这儿子对他爸或许不是真的孝顺。那一刻，我也是愤怒的。

多年以后，当我通过学习心理做自我成长后，控制情绪的能力才得到了一丝丝提升。

2050年，我国将成为人口老龄化的国家之一，当爸妈需要的时候，子女能不能给予有尊严的照顾，这是摆在我们面前的课题。

眼下，我们这些非独生子女都还没退休，但是爸妈可能已经需要我们照顾了。未来，当我们需要独生子女照顾的时候，独生子女可能需要照顾四位老人，可能力不从心，或许把老人送到养老院。这些不确定因素导致我开始恐老。

等退休后，我希望能成为社区养老服务队伍中的一员，在社区与友邻们一起陪爸妈安享晚年。

健康是可以主动获取的，不能等老了才重视健康。每天都是新的一天，让我们及时行动起来，做自己健康的第一责任人，积极运动、合理营养、保持良好心态。

当我老了、步履蹒跚、满头白发的时候，希望不再恐老。

## 护士的情绪调整

护士在工作中经常面临着繁重的任务，工作的突发性、不可预测性和高风险性，让护士承受着巨大的心理压力，很容易导致情绪不稳定。因此，护士如何调整自己的情绪显得尤为重要。

人在不稳定情绪中大脑皮质不活跃，无法集中注意力，会对工作和生活产生不良影响。不同年龄段的护士会面临不同的情绪问题和成长课题。家庭生命周期理论将人生划分为6个阶段，分别为成人及恋爱阶段、新婚家庭阶段、有儿童的家庭阶段、有青少年的家庭阶段、孩子离家和成家阶段、生命晚期的家庭阶段。本文将基于家庭生命周期的视角来探讨护士的情绪调整。

### 1. 成人及恋爱阶段

年轻护士刚参加工作，会面临很多问题，如租房子、适应新室友、适应工作环境、参加各类考试、父母催婚，甚至会在工作中受到人格侮辱却不容解释等。这个阶段对护士继续坚守这份职业很关键。他们平时会通过瑜伽课、健身房训练、跑步等非医疗性心理支持活动让自己的状态更好。

我曾组织100多个来自全国各地的年轻护士成立了一个心理成长群，业余时间大家进入微信群学习调整情绪的方法，提升自己。在小组不断相互作用和相互影响下，所有护士都得到了共同提升。这个阶段的年轻护士会非常在意护理管理者的言辞。每个护士对护理管理者讲话的反应不一，这是由护士独一无二的经验、体验、成长背景、知识水平决定的。心理成长群里有一位"95后"护士，护理管理者有一句话触到了这个护士的情绪开关，她的情绪没有及时得到宣泄，令她困惑了很长一段时间，严重影响了她的生活和工作。无论好事坏事，都会变成往事。这些经历和困扰，也是年轻护士重要的成长经验，证明年轻护士成长的机会来了。如果经常压抑过多负面情绪，情绪不断积累，最终会造成身体的病变或者人格扭曲。如果年轻护士发展到不能爱和不能工作，就需要及时拨打心理咨询热线或者寻求专业的心理咨询，才能促进自己的身心健康发展。

## 2. 新婚家庭阶段

新婚阶段的护士有很多需要学习处理的新关系。不同寻常的工作状态，爱人不一定能完全理解护士的工作。这时，遇到问题不要想快速解决，首先要让自己平静下来，接纳自己的不舒服情绪，延迟做决定，给自己也给对方一点空间，让两个人都可以思考得更多、更全面。新婚夫妻相处要打破幻想、学会妥协，选择温和、有力量的沟通方式。在爱自己的基础上爱家人，在亲近的关系里去锻炼爱的能力，学习面对，所有的回避都会令事情更严重和复杂，也更难处理。如果爱人并没做错什么事情，只是护士混沌的感觉和似是而非的想法引发争执，这时候护士就要去反思自己的作为，可以换位思考一下。如果新婚护士能不让自己的情绪失控，处理好与爱人及自己原生家庭等各方面的关系，会为将来的生活和事业打下良好的基础。

护士在怀孕和哺乳期，受激素水平的影响，情绪会很不稳定。如果有条件，可以在心理咨询师的陪伴下，在现实中调控。其实每一个人一般都会有抑郁情绪，而预测结果不确定，人就容易产生焦虑情绪。这个阶段的护士，还要防止产后抑郁。如果护士在躯体方面、情绪方面、行为方面和认知方面有明显变化，要带她去精神类三甲专科医院接受心理治疗。如果医生让服药，一定要遵医嘱坚持药物治疗。一般药物治疗康复后，依然需要维持 6 个月左右的巩固期。在完全康复前，有经济条件的情况下，一定不要中断心理咨询。这个阶段护士或许要与孩子分离，痛苦的时候希望自己一个人消化。但是如果自己已经处在抑郁状态，不要有病耻感而回避就诊，建议直接去接受心理咨询和治疗。

### 3. 有儿童的家庭阶段

这个阶段，护士要接受新成员进入自己的小家庭，既要做好妈妈的角色，还要与爱人互相鼓励和支持，另外，还要面对与老一辈或者保姆养育年幼孩子方式不同引发的冲突。护士可能会承担更多的家庭责任，生活有时会一地鸡毛。这时候，护士自己的职业发展方面也许还会遇到瓶颈期。

护士的付出和牺牲很多，她们的情绪调整不好，家里的儿童也会受到原生家庭的不良影响。现在二孩家庭增加了，护士要无条件地给大宝爱和接纳，帮孩子建立安全感，建立健康的依恋关系。在无条件爱和接纳之后，同时也要对孩子有挫折教育。这个阶段的护士作为孩子的家长，要带孩子游玩，做该做的事情，同时释放自己的压力。如果没有太多的时间，可以在城市周围转转，也会令护士的心境发生转变、能量得到提升，有利于情绪的稳定，从而增加一些从容和淡定。

### 4. 有青少年的家庭阶段

作为护士，这个阶段已经相对比较成熟，但成长是终身的。在青少年面前，护士千万不要认为自己的答案就是黄金标准答案。上有老、下有小的护士，难免会身心疲惫。工作之余，护士可以放手让已经是青少年的孩子去管理自己。有时孩子不能让你满意，内心不舒服，认为是孩子引起的情绪反应，其实这是自己情绪被惯性引起的。护士在这个阶段可能会很关注孩子的考试和高考，其实这个时候也是教我们越过高考关。关注未来，展望10年后，可以用时间线的方式与孩子对未来进行前瞻性的讨论。

这个阶段的孩子叛逆但又渴望拥抱。成长不仅是生理层面的，还有心理层面的。护士不用给孩子贴标签，那样很有可能令孩子产生认同和投射。每一个人都是独一无二的，青春期的孩子渴望被看见、成长被认同。护士自己要能保持好的情绪，适当放权，不要扮演长官的角色，多扮演顾问的角色，与孩子共同成长，与时俱进。这样才能带动青春期孩子顺利成长，防止孩子抑郁。护士要允许孩子独立，接纳长辈的衰老，保持自己情绪的稳定，以安全度过自己的各种中年危机。

我曾在医院外工作过一段时间，当时每个月出工作区后，一个小组的几位同行都会到医院去看诊。身体的疾病除了劳累外，与工作区的生活让人压抑有很大关系。在那段时间里，我每天会花30分钟左右的时间，安静舒适地和自己在一起，和真实的自我链接，做冥想训练、放松训练，每天睡前都会练字、写日记，使情绪平静下来。

### 5. 孩子离家及成家阶段

这个阶段护士或许要与孩子分离，发展为成年人对成年人的关系。或许还要与家里的老人分离，面对老人的衰老和离世。与爱人又回到两人世界，要重新审视两人世界的婚姻系统。这个阶段的护士要做个老小孩，让孩子主持家庭。这时候护士到了更年期，由于激素水平的变化，如果调整不好情绪，很容易引发更年期抑郁症。有些护士可能患有慢性病，要及时治疗。虽然到了一定年龄，护士可能还要参加医院内的考试；科室如果人手少，工休也休不了，这时候护士会焦虑。正常的焦虑有好处，提升思维敏锐度，提升专注力，过度的焦虑就会对护士造成精神损害。护士如果有这份觉察极其有价值，可以清晰观照到自己的习性反应，准确地照见自己的自动化模式。工作期间，有些事并不大，但是对事情的看法和想法会对护士产生很大影响。当护士看到自己的模式，有了这份觉察，护士的模式就已经在变。这个阶段的护士，要更加关怀自己，通过均衡饮食、规律睡眠、运动锻炼，保持一个良好的身心状态。累了，让自己休息一下的同时，还要约束自己、管理自己，接纳自己的局限。

### 6. 生命晚期的家庭阶段

这个阶段的护士已经完全回归家庭，要面对自己生理上的衰老和疾病，与家里老人在合适的时间可以讨论关于死亡的话题。直面死亡，才能超越对死亡的恐惧。力所能及地为孩子提供他们需要的支持。作为护士，虽然对病人的死亡不陌生，但当自己真正去面对死亡或者面对亲近的人的死亡时，也是有局限的。如果有各种不幸的丧失，真的可以让包括护士在内的任何人崩溃。所以，在这个阶段，想做的事要抓紧做，没说出口的话要记得说，好好珍惜。

孩子在长大，家庭在发展，不同的家庭生命周期，护士都要及时调整自己的情绪。家庭每进入一个新周期，护士都需要做出改变，不断成长。如果护士角色固化，孩子长大后就会和其发生冲突。

目前，各大医院已经非常关心护士的身心健康，进行了很多很好的关爱护士行动。所有的情绪都是极其珍贵的，所有的情绪感受都是我们很好的朋友。只是我们不要让它失控，不要让它变成实现梦想的障碍和陷阱。控制情绪不是让你把情绪闷回去，而是懂得觉察自己的情绪，学习如何合理宣泄，巧妙转念。让情绪流出去，而不是憋闷在心里。我们可以释放情绪，也可以表达脆弱。工作其实给了护士更多机会去发现问题，也有了更多的时间面对和转化问题。内在性格不容易改变，不代表没办法成长，外在表现与能力有关，而能力是可以通过学习来成长的。

近几年，我一直在学习叙事护理，发现一直浸泡在叙事护理中的护士，工作和生活都在悄悄发生改变和突破。愿护士都能学习关注自己的内心，不要等出现了矛盾，再去学习调节情绪。如果忽视情绪及身体感受，会令我们迷失自我，搞不清楚什么才是自己真正需要的，进而产生焦虑和抑郁。希望护士当情绪来临时，首先要去关注自己的身体，情绪不是我，我才是我，如此便会做到"情绪与人分离"，在工作和生活中遇见身心更健康的自己。

## 重新设计人生

记不得我从哪里看到的信息，人过了45岁，为了自己的身体免受伤害，最好不要再多打羽毛球。

曾经，当我走进龙江体育馆时，发现自己的球技在场内排名实属垫底。想想自己，虽然喜欢打羽毛球，当年甚至还和朋友一起请教练辅导，但为了让身体零件的机能能保持得好一些，我决定不再去体育馆，计划有空的时候在小区内锻炼锻炼。

如今，好几个年头过去了，每次我下楼路过两个乒乓球桌，只会投去注视的目光，却没有迈开锻炼的步伐。

当然，在室内，我已经开始通过网络学习相关理论，一直在坚持关注中国乒乓球队。我最喜欢的球员是马龙，双圈大满贯得主。有时候我在想，如果马龙是在国足，就是中国的梅西吧。

大年初三，我去看了励志电影《中国乒乓之绝地反击》，它是由真实题材改编，讲述了20世纪90年代初国乒男队低谷时期的奋斗故事。

那时候的瑞典队技术打法赶超中国，蔡振华临危受命，组建起一支备受争议的男乒新军——负伤主力马文革、失意老将王涛、千度近视的削球手丁松以及缺乏大赛经验的双子星刘国梁和孔令辉。

面对国内外的质疑，蔡振华主教练携教练组和队员们经过不懈努力，终于在 1995 年天津世乒赛上重新夺得斯韦思林杯。

这部电影告诉了我们如何面对失败，重新设计人生。

在面对比赛失败时，教练组重整队伍，并派主力队员去参加欧洲公开赛，主动适应欧洲人的新打法，从中汲取经验。在面对购买先进设备而资金不足时，主教练为领导解忧，想出很多点子。

我们需要很多想法，这样就可以为我们的未来探索出更多的可能性。电影中的主教练了解自己队伍的现状，重新定义了队伍，知道如何达到目的地，非常清楚乒乓球队的正确发展方向，这样的队伍想不胜利都困难。

电影中的演员需要扮演乒乓球主力队员，这对他们是个非常大的挑战。需要练习乒乓球，要不被我们这些观众轻易看出破绽。剧组请来当年的主力队员马文革指导具体细节。可以看出，导演组在向中国乒乓精神致敬，优秀的人更会懂得向他人学习并进行深度合作。

我们要想活出自己的人生，就需要对自己的人生不断进行设计，相信信念的力量，找到走出低谷的有效方法。相信和坚持会让一个人发光，世界冠军如此，我们普通人也是如此。

新的一年刚刚开始，我们最需要的或许是让自己的身心恢复到曾经的最佳状态，去完成属于自己的人生使命。

## 我的暑假兴趣班

因为疫情的原因,我好久没有参加相关心理课程的培训了。

当看到赵兆老师的叙事治疗基础培训项目课程介绍时,我感觉到了一种时间上的弹性,所有的课程可以回看,我能实现学习时间的自由,感觉很有叙事的味道,我毫不犹豫地给自己报了名。想到我在没有暑假的暑假期间可以关怀自我,心里乐开了花。

近年来,不少叙事学者努力为叙事治疗引入新鲜思想和理念。与这些学者不同的是,赵老师从后结构主义的思想中找到了定位理论,创新地发展出叙事治疗的个案概念化框架,从福柯的晚期伦理思想中找到了西方哲学的悠久传统——关怀自我。

课程中,赵老师采用的是细致教学:视频的模拟咨询与回放分析,手把手地教我们做叙事访谈。

有一次,我扮演咨询师,赵老师扮演来访者。我按照模拟咨询的流程,一边问话、一边把重点记录下来,方便自己编辑和提问来访。哪知道,我的倾听、记录、编辑和共情等加在一起,这样的速度不能满足模拟咨询的速度。我感觉那次模拟咨询是箫老师自己把自己给叙明白了。

模拟咨询的过程中,我也被赵老师多次喊停,他要求我严格按他的要求与来访者对话，在实践中去运用理论。赵老师有个观点我很认同，你的咨询方法要适应来访，但要能灵活运用，需要3到5年的时间强化训练。

这次培训的教学形式包括：理论讲授、线上示范访谈、访谈录像分析教学、集体访谈督导练习和小组练习。我个人需加强系统化学习和理论性的深入研究，而这样的教学形式就像个兴趣班，或许能帮我在这些方面得到一点提升。

我们班里很多学友是来自全国各地的学校老师，自身水平很高，加上对于学习的那个认真劲啊，如果心理素质一般的话，会被他们搞"抑郁"的。很荣幸，能与老师们在一个群，我的存在能衬托出他们的认真。

贡献是双向的。培训结束后，我的成长需要同步对我所处的关怀社群进行主动的选择，这些老师会支持我重组关怀社群。

我喜欢叙事疗法，是因为叙事疗法有平等、合作的咨询理念。

它能尊重来访者的本土知识和能动性，不用病理化的标签来看待来访者；它能帮助来访者外化问题，把来访和问题分开；它能将生活主流故事切换，将来访者原有主导生活的问题故事，切换为闪光事件所组成的新故事，让支线故事主线化，并让来访者用新故事来应对问题和挑战；它帮来访者找回个人能动性，让改变自然发生。

我还喜欢叙事疗法的"高效"，虽然那是我高不可攀的梦想。

我的暑假兴趣班还在继续，学习的时候也是管理内心声音的时候，能掌控自我、成长自我，就是对自我的终极关怀。

## 你不知道你对我的帮助有多大

因为对心理护理的热爱，我曾经利用休息日去外地参加一个心理危机干预的培训。在培训的提问环节，我请教授课的专家：面对一位术后哭泣的病人，如何用一句话安慰她。专家反问我，之前在工作中是怎么安慰的？我说，哭吧哭吧。专家听完后说，她也想不到比这更好的安慰的话了。

后来，我总是用"哭吧哭吧"来陪伴情绪不稳定的病人。在门诊，接触病人的时间有限，如果情绪不稳定的病人正好遇到有空的我，我是不会放弃对他们进行心理护理的机会的。于是，有一位病人通过12345热线向我传达了感谢。

这已经是几年前的事情了，像她这样认真的病人，我是第一次遇到。当自己身体不适的时候，翻到微信收藏里的这篇文章，会让我振奋一些。

当年在妇女保健科做心理门诊，在对来访者一周后的回访中，她们大多能接听电话并口头表示感谢。其实，那时候自己的内心对她们也会这样想："你不知道你对我的帮助有多大。"在这个世界，我们之间的温暖是双向的。

感谢那些负重奋进的同行，你们已经做了所有能做到的一切，牺牲了可以牺牲的一切,你们的贡献是重大的。感谢坚持学习叙事护理的自己,只有自己内心充满爱,才能运用所学帮助到有缘人。

"你不知道你对别人的帮助有多大",让我们互相温暖、继续前行,迎接美好的未来。

## 医院里的爱心传递者

我一直想写一篇关于医院工人师傅们的文章，但一直没有找到合适的视角。当看到首届"医学的温度"医学人文征文大赛的通知时，我心动了，此时是我最好的动笔机会。

对工人师傅们的关注开始于上下班的路上。上下班时，我会从医院的1号楼步行到4号楼，经常会看到有病人家属把他们拦住，问各种问题。问询者一般是病人或者病人家属，面对陌生的环境，当看到穿着制服的工人师傅，他们急忙投去着急的问话和期待的眼神。我看到的师傅每次都会很耐心地回答问询者的询问，这时候的师傅们像极了我们医院里流动的志愿者。

工人师傅们在医院内各科室流动，他们的知识面并不窄。有时候我会停下来听听病人或者病人家属问的问题，从没看到他们失望的表情，内心一直在为工人师傅们的爱心点赞。

临近退休的我来到消毒供应中心当护士。消毒供应中心由护士、消毒员和工人师傅等组成。虽然在我的职业生涯里经历过好几种不同岗位的锻炼，但我从来没有在工作中如此频繁地接触其他科室和本科室的工人师傅们，对他们这个群体我很好奇。

工作时因为戴着帽子、口罩，又因为我个子不高，刚开始工作也欠熟练，有些科室的工人师傅以为我是刚工作的小姑娘。面对他们善良的窃窃私语，我默默接受他们的这个说法，心中也在窃喜。后来，与他们慢慢熟悉后，我告诉他们，我快退休了。他们很开心，仿佛找到了同类，因为他们都是与我年龄差不多的退休工人。

同为普通人，我们彼此之间能沟通的话题不少。有的工人师傅退休前在原公司干到过中层，有着丰富的工作经验和人生经历，退休后来到医院继续打工；有的工人师傅是在小医院退休的，随子女"南漂"，再次来到大医院工作，他们对医院有种亲切感；更多的工人师傅是为了自己将来不拖累子女，想在自己身体健康的时候，为将来的自己多积累一点养老金。

当工人师傅们来到消毒供应中心收、送手术器械的时候，我发现他们"能文能武"。手术器械是很重的，他们需要一个人送来或者带走。而手术器械的名称其实还不简单，但他们都能熟练应对。这时候，我总会想起一位工人师傅提到的小说《卖油翁》中的老汉，"我亦无他，惟手熟尔"。他们通过自己的努力和智慧，克服各种困难，努力做好自己的工作。

有一次，听到有位工人师傅在自言自语发牢骚，我的工作正好忙完，就与她闲聊几句，问问原因，说些话宽慰她一下。我告诉她，对我这个心理咨询师发发牢骚是个不错的选择。

作为工人师傅，在工作的时候，他们可能会尊重或谦卑地与人交流，但是得到回馈不一定是尊重和谦卑，有困惑也是正常，能够给予及时的疏导，是她给了我机会。作为心理咨询师是需要不断进行个人成长的，需要大量的实践和体验。与不同人群进行交流，我可以通过整合、学习获得幸福感和成就感，追求一种内在的丰盛，以更好的心理状态去服务有心理需求的人。当这位师傅从这个岗位离开的时候，她是微笑着的。

时间长了，我与有些工人师傅相处久了，就互相加了微信。我的微信朋友圈基本是心理鸡汤类，不管是身体还是心理，我认为没有什么是"一碗鸡汤"解决不了的。师傅们的朋友圈大多是反映生活，内容丰富多彩。在他们的朋友圈里，我找到了纯粹的感觉。也许他们的工作不起眼，但是他们是医院不可缺少的存在。他们在医院内不停奔跑着，与各类人接触，他们的状态和言行在病人或者家属的眼里也代表着医院的整体形象。

在职业生涯快结束的时候，能遇到一群可爱可敬的工人师傅，能与他们合作是我的荣幸。他们的工作就像我们普通护士一样很平凡，但是我们不能忽略他们的价值。我们同是医院里的爱心传递者，都在为人文医院而努力，只要我们心中有爱，就能将爱传递给更多的病人和家属，病人的康复就指日可待，这是我们所有人共同追寻的健康中国梦。

## 做个眼里有光的普通人

好久没看电视连续剧了，女儿在我面前几次推荐《狂飙》，当她说出了几个主演的姓名，我想他们不是我的菜便没放心上。

事后想想，我的审美不如她，既然几次推荐，估计是不错的剧。于是，我开始尝试看电视剧《狂飙》。

近几十年来，许多心理学家对人的两种思维模式一直保持着浓厚的兴趣。其中两位心理学家提出了大脑中的两套系统，即系统 1 和系统 2。系统 1 和系统 2 分别产生快思考和慢思考。

我想，从不想看这部电视剧到追剧，就经历了系统 1 和系统 2 的过程。系统 1 是冲动、凭直觉的，快思考是自然而然发生的。系统 2 则是慢思考，是谨慎的。

看完整部剧，除了对张颂文老师的演技十分佩服外，最让我有感触的就是安欣和李响在工作中那种配合默契的关系，似曾相识。

开始的时候，我觉得他们的配合并不是很默契，也有磕磕绊绊。但是，随着他们在不同方向的成长，他们并没有走着走着就散了，他们之间已经不需要用语言来表达，很多事情心有灵犀。

看安欣他们工作，我会想到"心流"这个词，他们连续工作几小时也不感到吃力。最让我感动的是，从安欣的眼中我能看到清澈而明亮的光，给人带来希望的那种，令人向往。

我的职业生涯经历了临床、行政和非临床，这是三个截然不同的部门。

我感觉在二甲医院行政部门的那6年自我损耗不多，心情比较平稳。或许那个时候我周围的院领导都是全院最优秀人员的组合，他们身上有很多值得我学习的地方。

在行政部门工作的过程中，多人的智慧胜过一个人的想法，良好的关系使枯燥的工作有趣且高效，是我人生中一笔非常宝贵的财富。

工作之余，我在网上学习和推广叙事护理。曾经以为自己可以给别人很好的建议，后来发现，有些事不是自己能决定的。别人的事，除了必要的努力，其他的只能交给时间。

唯一可以窃喜的是，我似乎拥有比较乐观的心态，内心还是比较偏向于多去发现人和事物积极的一面。

工作上的同事和网络上的同行，我们之间的关系都是非常微妙的，我能接受我们走着走着就散了的结局。但是，向比我优秀的人学习，是我不会轻易改变的前进方向。

我们每个人都需要认真思考并更加努力拼搏，希望在心理成长小组里我能不断成长，在面对工作和生活时，眼神里少些混浊和暗淡，做个眼里有光的普通人。

## 注定要当护士的我

30多年前,我在一本杂志的角落里看到一条信息,说护理专业将来会需求大,于是报考了护理专业。

后来,我也为自己的智商着急过,不知道当初我是怎么理解"将来"这个词的。

国际护士会发布的2023年国际护士节主题是"我们的护士,我们的未来"。看来,护士的未来已来。

工作之后,经历了好几种不同岗位的锻炼,再回首,我虽然没有成为班主任评语里那个又红又专的学生,但是有些良好品格似乎没被岁月弄丢。

学生时代,我学习了速读和速记等,有些东西跟着自己的心去学习,在当时不觉得有什么用,但是后来我还真的都用上了。

比如速读,我能很快读完一页材料,去校对医院的宣传资料或者浏览一些文件都让自己很受益。

刚开始接触临床做护士的那个夏天,因为分配岗位的不尽如人意,失落的我遇到了韩夕红老师带教,在我忙碌又低效时,她总是很友爱地帮助我。

工作的 8 小时之外，我想把英语继续学下去，但因为自己的懒惰，没有坚持学习，这也算是留给自己的一个未完成事项。

从事护理管理工作后，我一直没有忘记把对护士的爱传递下去。在向护士传达一些会议精神的时候，我尽量去表达我理解的内容，不会评价其中的内容与我们有没有关系。

我希望护士不要只顾及自己的专业领域，因为自己的局限忽略其他专业领域，这样会导致认知更局限。

古典老师曾说："看一个管理者有没有水平，可以问他有没有读过《卓有成效的管理者》这本书。"听到他的这句话，我开始阅读这本书，发现自己在没有管理好自己的时候，就开始从事管理工作。

回顾过去，是为了更好地认识现在和展望未来。在我工作多年后，终于等来了李春老师的《叙事取向的护士职业生涯发展规划》公益课。

虽然我的护理生涯已经接近尾声，但是，通过学习这套课程，我可以把自己的老年生涯提前规划出来。

在学习这套课程的时候，我对自己进行了职业发展方向的测评，知道了适合自己的发展方向。现在的我，已经清楚自己的才干和优势，思考如何在工作中发挥自己的特长，能做一点贡献就做一点。

《卓有成效的管理者》里讲过一个"布莱恩护士法则"。

布莱恩护士在医院工作多年，虽然工作不是非常突出，连护士长也没当过，但只要她所在的病房要做患者护理方面的决策，她都会问："我们是在尽最大努力帮助患者吗？"

换句话说，就是学会了自问："我们真的在为奉行本院的宗旨作出最大的贡献吗？"

在面临退休的职业生涯里，我在做好本职工作的同时，会思考我还能作些什么贡献。

在心理层面，希望能发挥余热。在叙事护理公众号做审稿编辑时，如果作者老师需要，我会把自己的一些体会与她们交流，使她们通过投稿有更多获得感。

如今看来，我注定要当一辈子护士。当我回首往事的时候，希望自己是位能讲出很多温暖故事的护士。即使我退出了临床，也能给患者以心理的护理。